太上忘情，最下不及情，情之所鍾，正在我輩

打開傳說中的書
About ClassicsNow.net

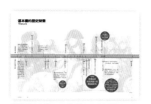

關鍵時間、人物、地點,在書前有簡明要點。

「1.0」:以跨越文字、繪畫、攝影、圖表的多元角度,破解經典的神秘符號。

「2.0」:以圖像來重現原典,或者重新做創作性的詮釋。

　　大約一百年前,甘地在非洲當律師。有天,他要搭長途火車,朋友在月台上送了他一本書。火車抵站的時候,他讀完了那本書,知道自己的未來從此不同。因為,「我決心根據這本書的理念,改變我的人生。」

　　日後,甘地被稱為印度聖雄的一些基本理念與信仰,都可溯源到這本書*。

　　◎

　　閱讀,可以有許多收穫與快樂。

　　其中最神奇的是,如果我們有幸遇上一本充滿魔力的書,就會跨進一個自己原先無從遭遇的世界,見識到超出想像之外的天地與人物。於是,我們對人生、對未來的認知與準備,截然改觀。

　　◎

　　充滿這種魔力的書很多。流傳久遠的,就有了「經典」的稱呼。

　　稱之為「經典」,原是讚嘆與敬意。偏偏,敬意也容易轉變為敬畏。因此,不論中外,提到「經典」會敬而遠之,是人性之常。

　　還不只如此。這些魔力之書的內容,包括其時間與空間的背景、作者與相關人物的關係、遣詞用字的意涵,隨著物換星移,也可能會越來越神秘,難以為後人所理解。

　　於是,「經典」很容易就成為「傳說中的書」──人人久聞其名,卻沒有機會也不知如何打開的書。

我們讓傳說中的書隨風而逝，作者固然遺憾，損失的還是我們。

每一部經典，都是作者夢想之作的實現；每一部經典，都可以召喚起讀者內心的另一個夢想。

讓經典塵封，其實是在封閉我們自己的世界和天地。

◎

何不換個方法面對經典？何不讓經典還原其魔力之書的本來面目？

這就是我們的想法。

「3.0」：經典原著中，最關鍵與最核心的篇章選讀。

因此，我們先請一個人，就他的角度，介紹他看到這部經典的魔力何在。

再來，我們以跨越文字、繪畫、攝影、圖表的多元角度，來打開困鎖住魔力之書的種種神秘符號。

然後，為了使現代讀者不會在時間和心力上感受到太大壓力，我們挑選經典原著最核心、最關鍵的篇章，希望讀者直接面對魔力之書的原始精髓。此外，還有一個網站，提供相關內容的整合、影音資料、延伸閱讀，以及讀者互動的可能。

因為這是從多元角度來體驗經典，所以我們稱之為《經典3.0》。

◎

ClassicsNow.net網站，提供相關影音資料及延伸閱讀，以及讀者的互動。

最後，我們邀請的就是讀者，您了。

您要做的唯一的事情，就是對這些魔力之書的光環不要感到壓力，而是好奇。

您會發現：打開傳說中的書，原來就是打開自己的夢想與未來。

*那本書是英國作家與思想家羅斯金（John Ruskin）寫的《給未來者言》（*Unto This Last*）。

經典3.0
ClassicsNow.net

七賢風度

世說新語
New Account of World Tales

劉義慶 原著

湯一介 導讀

豬樂桃 2.0繪圖

他們這麼說這本書
What They Say

插畫：老璟怡

以簡勁的筆墨
畫出它的精神面貌
人物性格
時代色彩

宗白華

📅 1897 ～ 1986

💬 現代美學家宗白華在《美學的散步》中的《論世說新語和晉人的美》裏，提到：「《世說新語》一書記述得挺生動，能以簡勁的筆墨畫出它的精神面貌，若干人物的性格，時代的色彩和空氣。文筆的簡約玄澹尤能傳神。」

梁啟超

📅 1873 ～ 1929

💬 中國思想家梁啟超在《國學入門書要目及其讀法》裏，談國學入門書和閱讀方法，對於《世說新語》有一段評價：「將晉人談玄語分類纂錄，語多雋妙，課餘暑假之良伴侶。」

課餘暑假之良伴侶

文學高妙之作
語言藝術之寶藏

孫犁

📅 1913 ～ 2002

💬 中國文學家孫犁在散文《買世說新語記》中，談起買這本書的經過及感想：「我讀這部書，是既把它當作小說，又把它當作歷史的⋯⋯這部書所記的是人，是事，是言，而以記言為主。事出於人，言出於事，情景交融，語言生色，是這部書的特色。這真是一部文學高妙之作，語言藝術之寶藏。」

蔣勳

 1947 ～

美學評論家蔣勳在談論到「孤獨」的主題時，
提出了竹林七賢的例子：「讀竹林七賢的故事，
就能看見中國在千年漫長的文化中鮮少出現的
孤獨者的表情，他們生命裏的孤獨表現在行為
上，不一定著書立說，也不一定會做大官，他
們以個人的孤獨標舉對群體墮落的對抗。我們
現在聽不到阮籍和其他竹林七賢的嘯，可是
《世說新語》裏說，當阮籍長嘯時，山鳴谷應，
震驚了所有的人，那種發自肺腑、令人熱淚盈
眶的吶喊，我相信是非常動人的。」

**讀竹林七賢
就能看見
中國文化中
鮮少出現的
孤獨者的表情**

湯一介

 1927 ～

 這本書的導讀者湯一介，現任北京大學哲學系
資深教授。他認為《世說新語》一書是以散
文、雜感、小說、筆記等形式反映漢末到東晉
文人學士的生活集子，也是研究「魏晉玄學」
的人必讀的書。他說：「這部書，能以極細膩生
動的細節，毫無顧忌地展現出漢末至晉宋間，
社會變動之下所帶來的思想感情上的大解放，
以及士大夫所追求的理想人生境界，所欣賞的
生活方式，所執著的人生態度，所讚美的言談
舉止等等。這都和兩漢風氣大異其趣，而呈現
出嶄新的時代風貌。」

**展現士大夫
所追求的
理想人生境界
生活方式
及言談舉止**

你

 ？

在二十一世紀此刻的你，讀
了這本書又有什麼話要說
呢？請到ClassicsNow.net上發
表你的讀後感想，並參考我
們的「夢想實現」計畫。

你要說些什麼？

書中的一些人物
Characters

插畫：老璟怡

📅 223～263

💬 字叔夜，譙郡銍縣人，擅長音樂、文學、玄學，作有琴曲《風入松》，著有《養生論》等，提倡「越名教而任自然」。他嚮往出世的生活，不願做官，因此當山濤舉薦他為官時，他寫下《與山巨源絕交書》，表明自己的立場。後來嵇康受誣告下獄，被司馬昭判處死刑，臨刑前三千名太學生上書求情。嵇康最後在刑場上彈奏完《廣陵散》後，從容赴死。

嵇康

阮籍

📅 210～263

💬 字嗣宗，陳留尉氏人，父親阮瑀是「建安七子」之一。阮籍是竹林七賢中文筆最好的，是「正始之音」的代表，著有《詠懷詩》、《大人先生傳》等。阮籍在政治上採取謹慎避禍的態度，常常在家裏閉門讀書，數月不出，或者四處出遊，數月不歸，或者喝酒大醉，以躲避當政者的威逼。然而他最終還是被迫替司馬昭寫了《勸進文》。

📅 221～300

💬 字伯倫，沛國人，身材矮小，容貌醜陋，擅長喝酒和品酒，經常縱酒狂飲，數日不止，任性放浪，視禮教為無物。劉伶經常手裏抱著一壺酒，乘著鹿車到處亂走，還命僕人提著鋤頭跟在後頭，說：「如果我醉死了就隨便埋了吧。」著有《酒德頌》一篇，表達他對奔放於自由天地的憧憬。

劉伶

山濤

📅 205 〜 283

💬 字巨源，河內懷縣人，幼年喪父，家境十分貧窮，在竹林七賢中年齡最大，一直到四十歲才開始為官。山濤曾經推薦好友嵇康為官，嵇康不但拒絕，還寫下《與山巨源絕交書》。然而，嵇康在刑場臨死前，將自己的兒女託付給山濤，留言道：「巨源在，汝不孤矣。」顯示他對山濤的看重。

王戎

📅 234 〜 305

💬 字濬沖，琅邪人，是七賢中年紀最輕、且最庸俗的一位。他熱中功名，深明避禍之道，在紛亂的政治環境中總是化險為夷，最後官至司徒，阮籍曾笑稱他是「俗物」。王戎非常愛錢，田產遍及各州，但還是每夜和妻子手執象牙籌計算財產；此外他也很吝嗇，家中有很好的李子要賣，他會事先把果核鑽破，以免別人得到種子。

📅 227 〜 272

💬 字子期，河內懷縣人，喜好讀書，但不善於喝酒，常與嵇康、呂安等交遊，在山陽為呂安種菜，在洛陽與嵇康一起打鐵。嵇康、呂安被司馬昭害死後，向秀作《思舊賦》一篇，以哀悼故友。向秀是竹林七賢中最沒有個性的，曾注《莊子》一書，但未完成就過世了。

向秀

阮咸

📅 230 〜 281

💬 字仲容，陳留人，阮籍的姪子，兩人合稱「大小阮」。阮咸年齡比王戎稍長，是竹林七賢中第二小的，為人放誕，不拘禮法。阮咸有一次與眾人群聚飲酒，直接從大甕舀酒喝，結果有一群豬也尋香而來，阮咸便跟在豬群的後面共飲。阮咸善彈琵琶，精通音律，還改造了從龜茲傳入的琵琶。

這本書的歷史背景
Timeline

217 各地連續爆發瘟疫，「家家有僵屍之痛，室室有號泣之哀」，建安七子中有四人染病而死

220
曹丕建立魏朝，定都洛陽，東漢亡；同年，曹丕採納陳群的建議，推行九品中正制，造成「上品無寒門，下品無世族」的門第社會

229 孫權稱帝，建國吳，與蜀漢和曹魏形成三國鼎立

258 司馬昭迫阮籍寫《勸進文》

263 魏攻入蜀漢，劉禪出降，蜀漢亡；司馬昭殺害嵇康

265 司馬炎篡魏，是為西晉

280 晉滅孫吳，統一全國

291 晉惠帝昏庸無能，導致賈后亂政，爆發「八王之亂」。八王為爭奪皇位，相互攻殺，戰亂歷時十六年，使西晉國力大損

304 成漢與漢趙建立，開啟「五胡十六國」時期，北方分裂割據

311 劉聰攻陷洛陽，擄晉懷帝，史稱「永嘉之亂」

316 劉曜攻陷長安，西晉滅亡；隔年，司馬睿於建康稱王，史稱東晉

中國地區大事

三國

中國以外地區大事

226 阿爾達希爾推翻安息，建立薩珊王朝，首都泰西封

239 日本邪馬台國女王遣使至魏，被封為「親魏倭王」

268 扶南、林邑遣使至晉

284 戴克里先加冕為羅馬皇帝，建立四帝共治制

306 君士坦丁即位為羅馬皇帝

313 君士坦丁頒布《米蘭敕令》，宣布基督教合法化

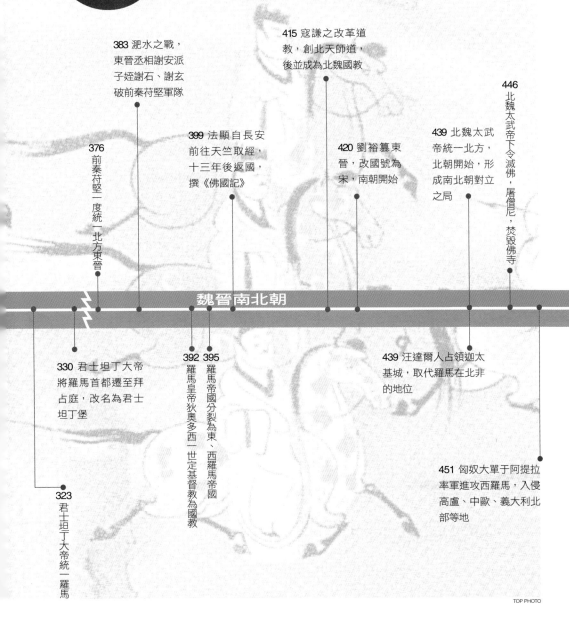

317
葛洪著《抱朴子》一書，講述神仙修鍊之道，是集魏晉道教理論、方術之大成的重要典籍

383 淝水之戰，東晉丞相謝安派子姪謝石、謝玄破前秦苻堅軍隊

415 寇謙之改革道教，創北天師道，後並成為北魏國教

446 北魏太武帝下令滅佛，屠僧尼，焚毀佛寺

399 法顯自長安前往天竺取經，十三年後返國，撰《佛國記》

420 劉裕篡東晉，改國號為宋，南朝開始

439 北魏太武帝統一北方，北朝開始，形成南北朝對立之局

376 前秦苻堅一度統一北方東晉

魏晉南北朝

330 君士坦丁大帝將羅馬首都遷至拜占庭，改名為君士坦丁堡

392 羅馬皇帝狄奧多西一世定基督教為國教

395 羅馬帝國分裂為東、西羅馬帝國

439 汪達爾人占領迦太基城，取代羅馬在北非的地位

451 匈奴大單于阿提拉率軍進攻西羅馬，入侵高盧、中歐、義大利北部等地

323 君士坦丁大帝統一羅馬

這位作者的事情
About the Author

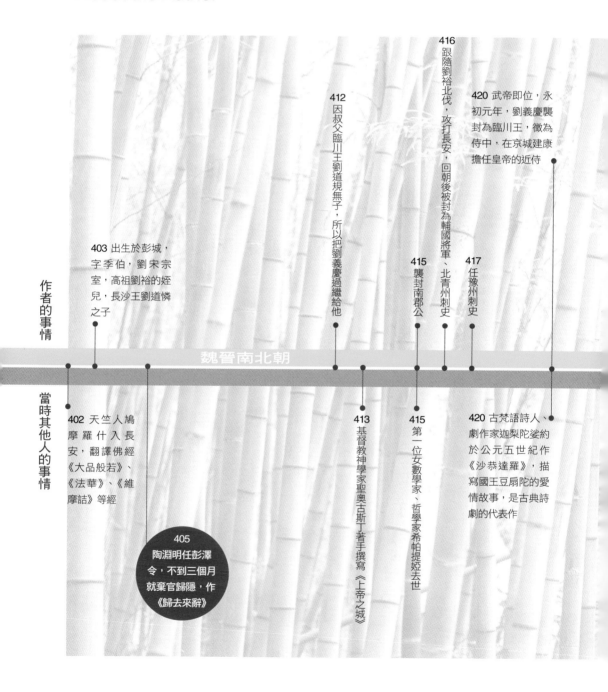

作者的事情

當時其他人的事情

魏晉南北朝

403 出生於彭城，字季伯，劉宋宗室，高祖劉裕的姪兒，長沙王劉道憐之子

412 因叔父臨川王劉道規無子，所以把劉義慶過繼給他

416 跟隨劉裕北伐，攻打長安，回朝後被封為輔國將軍、北青州刺史

415 襲封南郡公

417 任豫州刺史

420 武帝即位，永初元年，劉義慶襲封為臨川王，徵為侍中，在京城建康擔任皇帝的近侍

402 天竺人鳩摩羅什入長安，翻譯佛經《大品般若》、《法華》、《維摩詰》等經

405 陶淵明任彭澤令，不到三個月就棄官歸隱，作《歸去來辭》

413 基督教神學家聖奧古斯丁著手撰寫《上帝之城》

415 第一位女數學家、哲學家希帕提婭去世

420 古梵語詩人、劇作家迦梨陀娑約於公元五世紀作《沙恭達羅》，描寫國王豆扇陀的愛情故事，是古典詩劇的代表作

424 轉散騎常侍，任秘書監，掌管國家的圖書著作，得以接觸與博覽皇家的典籍

429 任尚書左僕射，相當於副宰相，後因不願捲入劉宋皇室的鬥爭，而自請外鎮

439

任江州刺史，重用陸展、何長瑜、鮑照、袁淑等辭章華美之文士為幕僚，開始編撰《世說新語》；同年，因同情被貶的彭城王而觸怒宋文帝，驚懼之中作琴曲《烏夜啼》

432 任荊州刺史，頗有政績，在此過了八年安定的生活。招聚了許多文士，如陸展、何長瑜都在其幕下任職

444 病逝於京城，時年四十二歲，追贈侍中、司空，諡曰康王，著有《徐州先賢傳》，編有《幽明錄》、《宣驗記》等

441 邀請天竺沙門僧於廣陵結居，與佛徒頗有往來

440 任南兗州刺史，鎮守廣陵

425 義大利普拉契狄亞陵寢動工，為早期基督教藝術的代表

432 范曄撰《後漢書》

433 謝靈運卒，作有山水詩《登池上樓》、《歲暮》

438《狄奧多西法典》編成

444 長篇樂府民歌《木蘭詩》創作於北魏時期

9

這本書要你去旅行的地方
Travel Guide

河南焦作

TOP PHOTO

● **雲台山** 位於焦作市修武縣境內,有獨具特色的「北方岩溶地貌」,流泉飛瀑,綠蔭濃密,景色優美,是竹林七賢的隱居故里。

● **百家岩**
位於雲台山上。據傳嵇康曾在此寓居二十年之久,至今尚有嵇山、淬劍池、醒酒台等遺跡,據傳竹林七賢相聚的「竹林」可能就在此。

洛陽

TOP PHOTO

● **漢魏古城**
始建於西周,東漢至西晉時成為帝都,北魏末年毀於戰火。現今可見永寧寺遺址、靈台、辟雍、明堂及太學遺址等晉代古蹟。竹林七賢中的王戎、山濤、向秀等人都曾在洛陽為官。

● **西晉辟雍碑**
出土於洛陽東郊原西晉太學遺址,碑上刻有「大晉龍興皇帝三臨辟雍皇太子又再蒞之盛德隆熙之碑」等字。嵇康當年下獄時,有三千名太學生為其求情。

湖北江陵

● **荊州古城牆**
相傳東漢末年始建土城,歷經戰火毀壞及重修,現有磚城牆為清代依明城牆基礎重建。劉義慶曾出任荊州刺史八年。

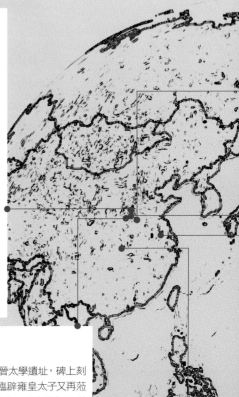

滎陽

● 漢王霸王城

滎陽東北廣武山上,有兩座古城遙
遙相對,為項羽與劉邦的對峙地,
兩城間隔著一巨壑,是「楚河漢界」
的由來。阮籍曾經登臨此處,感慨:
「時無英才,使豎子成名乎!」

● 開封

● 嘯台

也叫阮籍台,位於尉氏縣城小
東門南城牆上,相傳阮籍常在此
城牆上吟詩舒嘯,後人便築台紀
念,現僅存一座小土堆。

● 阮籍墓

位於尉氏縣小陳鄉,墓前立
有清代大學士阮元親書的墓碑
「魏關內侯散騎常侍嗣宗阮君
之墓」。

● 南京

TOP PHOTO

× 旧画影

TOP PHOTO

● 烏衣巷

三國時代為東吳軍營,因為士兵
皆穿黑衣,故名。後為東晉名門
士族的聚居地,名臣王導與謝安
的宅第都位於此。

● 台城

位於南京玄武湖南岸,雞鳴寺
後,東端與明都城相接,是南朝
首都建康的京城所在地。劉義慶
曾數次入京擔任要職,前後在建
康任職十餘年。

● 朱雀橋

秦淮河旁的朱雀橋,是通往烏衣
巷的必經之路。唐代劉禹錫曾作
詩:「朱雀橋邊野草花,烏衣巷口
夕陽斜。舊時王謝堂前燕,飛入
尋常百姓家。」

● 石頭城

位於南京清涼山,為三國孫權所
修建,自東吳至西晉都是建康的
軍事要塞。《世說新語》中曾多次
提到石頭城。

目錄 七賢風度 世說新語
Contents

封面繪圖：老璟怡

13 —— **導讀** 湯一介

君子應該不把外在的名譽、地位、禮法等等放在心上，而是一任真情的為人行事；要敢於把自己的自然本性顯露出來，不要顧及外在的是是非非，這樣一方面可以「越名教而任自然」；另一方面又可以達到與天地萬物為一體的「自然」境界。說明所謂「七賢風度」就是要把釋放人的自然性情放在首位。

55 —— **世說新語八周刊** 豬樂桃

3.0

73 —— **原典選讀** 劉義慶原著

劉伶恆縱酒放達，或脫衣裸形在屋中，人見譏之。伶曰：「我以天地為棟宇，屋室為褌衣，諸君何為入我褌中？」

1.0

導讀

湯一介

現任北京大學哲學系資深教授、北京大學儒學研究院院長、北京大學儒藏編纂與研究中心主任、
中華孔子學會會長。主要研究魏晉玄學、早期道教、儒家哲學、中西文化比較等。
著有《早期道教史》、《郭象與魏晉玄學》、《佛教與中國文化》、《儒學十論及外五篇》等。

要看導讀者的演講，請到ClassicsNow.net

《世說新語》是由南朝宋（420～479）臨川王劉義慶（403～444）所編著的，後又由南朝梁（502～557）劉孝標（463～522）廣泛地搜集各種有關材料，根據《世說新語》每條的內容加以注解，所引用的經史雜著有四百餘種，引用的詩賦雜文七十餘種，大大豐富了原劉義慶的《世說新語》，因此我們說《世說新語》就包含了劉孝標的注文。

《世說新語》是一本什麼樣的書？

《世說新語》是一部以散文、雜感、小說、筆記等形式反映漢末到東晉文人學士、名臣大吏、騷人墨客等人物的生活集子。這部書一直為研究漢末至魏晉間的歷史、語言、文學、哲學的學者所重視，特別是研究「魏晉玄學」的學者必讀的書。據《宋書》說，劉義慶年輕時喜歡騎馬乘車東遊西逛，後來漸漸感到「世路艱難」，就不再騎馬乘車，轉而召集一些文人學士到他家作客，共同完成了《世說新語》這部書。劉孝標在《晉書》中有他的傳，說他好學安貧，常一面耕地，一面讀書。齊永明（483～493）期間由北方遷到南方。他特別喜歡搜集或向他人借閱各種難得見到的書。因此，劉孝標對《世說新語》的「注」，可以說為我們留下來東漢到南朝許多寶貴的史料。《世說新語》中雖分「德行」、「言語」、「政事」、「文學」等三十六類，每類中有若干「條」故事，但每條故事之間沒有什麼聯繫，而且還有重複的地方，所說的故事往往是來源於其他的書。魯迅認為，此書原名《世說》，後來由於《漢書·藝文志》已錄有《世說》名目的書，因此在「世說」後加上「新語」二字，以與《漢書·藝文志》中的《世說》相區別。

魯迅在《中國小說的歷史的變遷》中，將魏晉時期的短篇小說故事分為「志人」（記述人物的故事書）和「志怪」（記

（上圖）《世說新語》是為南朝宋劉義慶所作，為中國早期筆記小說之代表，記載了魏晉時期的名士風度，也開啟了後世記言體的創作。

（右圖）明 夏葵《雪夜訪戴圖》。

此畫引用《世說新語·任誕》典故。王徽之於雪夜一時興起，欲訪遠方之友人戴逵，於是搭船前往。等到至戴逵家門前卻不進而折返，人問此為何故，王徽之答「吾本乘興而行，興盡而返，何必見戴」。充分表現魏晉名士瀟灑放達之態度。

15

所謂「清談」是指魏晉時代的知識分子，講究語言修辭技巧，進行人生、社會、宇宙等探討的學術往來活動。清談的源頭可以追溯至東漢末年的黨錮事件前後，當時的太學生議論時政、品評人物及討論學術思想，形成一種交遊與談論的新風氣，在黨錮之禍後，對於政治的直接評論漸漸少了，而一般性的人物品評及思想討論增加，但遊談之風不衰，漢末清議遂醞釀出魏晉清談。自東漢以迄魏晉南北朝，社會上紛擾不安，自然災異頻仍，使得人民感到巨大的恐懼，兼以農民叛亂、群雄割據所引起的戰爭不絕如縷，死亡的陰影籠罩在每個人身上，故將希望寄託於《老》、《莊》，以期能超脫生死之恐懼與憂慮。且政治上的傾軋，使得士大夫因所屬集團對峙而遭到誅殺，恐怖的政治風氣，使得人人自危，但求遠災避禍，因此將注意力由政治轉為「三玄」，追求清談勝義，而不評議政治，並在此種智力遊戲中，獲得樂趣與聲譽。

述神仙、鬼怪故事），他說：「志人」小說故事是指「記人間事」。這種「記人間事」的短文，在春秋戰國時代就有，但多半用以說明某種道理（喻道）或評論政事（論政）。然而《世說新語》則主要是為「賞心而作」，它「遠實用而近娛樂」，讀起來很有興味，讓人「賞心悅目」。所以美學家宗白華在〈論《世說新語》和晉人的美〉中說：「《世說新語》一書記述得挺生動，能以簡約的筆墨畫出它的精神面貌，若干人物的性格、時代的色彩和空氣。文筆的簡約玄澹尤能傳神。」這就是說，《世說新語》能以極細膩生動的細節，毫無顧忌地展現出漢末至晉宋間，社會的大變動所帶來的思想感情上的大解放，以及士大夫（名士、知識分子）所追求的理想人生境界，所欣賞的生活方式，所執著的人生態度，所讚美的言談舉止等等。這都和兩漢風氣大異其趣，而呈現出嶄新的時代風貌。

《竹林七賢》故事的形成

在東晉以前，在各種史書、雜著中雖記有阮籍、嵇康、山濤、劉伶、王戎等等之間的交往，但卻無「竹林七賢」故事。戴逵《竹林七賢論》中有一條記載說，由於「竹林七賢」故事在社會上流傳起來了，「俗傳若此。穎川庾爰之當以問其伯文康。文康云：中朝所不聞，江左忽有此論，皆好事者為之。」（庾爰之曾問他的伯父庾亮是否真有這樣的事。庾亮說，在西晉時還沒有聽說過有什麼「竹林七賢」故事，到東晉以後才忽然出現的，大概是好事者編出來的吧！）可見「竹林七賢」故事在西晉時尚無，到了東晉時才出現的，庾亮已指出「竹林七賢」故事大概是虛構的。《世說新語·傷逝》「王濬沖為尚書令」條注中也引有上面戴逵的那段話。

「竹林七賢」故事在《世說新語》見於〈任誕〉篇中：「陳留阮籍、譙國嵇康、河內山濤，年皆相比，康年少亞之。預此契者，沛國劉伶、陳留阮咸、河內向秀、琅邪王戎，

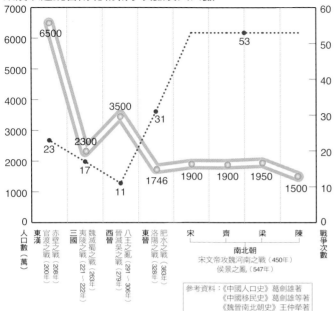

東漢以迄魏晉南北朝戰爭次數及人口數

參考資料：《中國人口史》葛劍雄著
《中國移民史》葛劍雄等著
《魏晉南北朝史》王仲犖著

（圖表數值）
6500
2300
3500
1746 1900 1900 1950 1500
23 17 11 31 53

人口數（萬）　　　戰爭次數

東漢：赤壁之戰（官渡之戰 208年）
三國：夷陵之戰（221～222年）
　　　魏滅蜀之戰（263年）
西晉：晉滅吳之戰（279年）
　　　八王之亂（291～306年）
東晉：洛陽之戰（328年）
　　　肥水之戰（383年）
南北朝：宋 齊 梁 陳
宋文帝攻魏河南之戰（450年）
侯景之亂（547年）

「志人小說」又稱為「軼事小說」，指專門記錄社會人物、描繪人物言行的言談舉止、軼聞遺事的小說。志人小説具有觀賞娛樂的性質，且在六朝清談之風與品評人物的風氣影響下，記錄一代名士、士大夫等人物的軼聞，描繪人物的言行，亦有輯錄歷史瑣事等內容，尤其以人物之間的「辭令應對」、「形容舉止」等著墨最為精彩，不僅紀實，更廣闊且立體地呈現當時知識分子的精神面貌。志人小説代表作品有：（南朝宋）劉義慶《世説新語》、（唐）劉肅《大唐新語》、（北宋）司馬光《涑水紀聞》、（明）李紹文《明世說新語》、（清）吳肅公《明語林》等。

七人常集於竹林之下，肆意酣暢，故世謂『竹林七賢』。」孫盛《魏氏春秋》中也有大體相同的記載。《世説新語・文學》〈袁伯彥作名士傳成〉條注中，把魏晉名士分為「正始名士」、「竹林名士」和「中朝名士」。「竹林名士」所列就是「七賢」阮籍、嵇康等七人，袁宏作完《名士傳》，把它送給謝安看（謝安也是一位大名士，而且是大官，官到「太傅」），謝安笑著向袁宏説：這些故事曾是我和大家説西晉時的故事，開開玩笑説的而已，沒想到袁宏把它當真寫成書（「袁伯彥作《名士傳》成，見謝公，公笑曰：我嘗與諸人道江北事，特作狡獪耳！彥伯遂以著書。」）可見東晉時的一些名士也並沒把「竹林七賢」故事當真。據陳寅恪考證，「竹林七賢」故事大概是先有「十賢」之説，因為據説《論語》的作者有七人，有這樣一個「七」的數目，所以到漢朝也很注重此類數字遊戲，因此會有「三君」、「八廚」、「八及」等等名目，這無非是名士們之間的相互標榜，到兩晉後來有所謂的「格義」，就又把佛教以外的書來比附某些佛教的思

想觀念。一直到東晉初年，才又把印度佛教的「竹林」（指釋迦牟尼曾居「竹林」）故事加於「七賢」之上。到東晉中葉以後就有袁宏的《竹林名士傳》、戴逵的《竹林七賢論》以及孫盛的《魏氏春秋》等等，把「七賢」展開成為「竹林七賢」故事。

陳寅恪對「竹林七賢」故事的考證是很有意思的。我們據各史書、筆記、小說、雜著可知，阮籍、嵇康、山濤當時確常往來，《世說新語·賢媛》：「山公與嵇、阮一面，契若金蘭。」《向秀別傳》有：「秀少為同郡山濤所知，又與譙國嵇康、東平呂安友善。」「秀常與嵇康偶鍛於洛邑，與呂子灌園於山陽，收其餘利，以供酒食之費。」阮咸為阮籍的姪子，阮籍對他的兒子阮渾說：「阮咸已經參加到我們這一夥，你就別加入了。」王戎常和阮籍一起喝酒，時常喝得大醉；劉伶淡默少言，「與阮籍、嵇康相遇，欣然神解，攜手入林」、「著《酒德論》一著」這些記載，大概不會全是虛構的。七人之間或因性格、風貌、行事多有相似之處（如不守禮法、均嗜酒），都相互熟悉，故歸為一類而造成故事。

魏晉玄學的主題

漢末由於儒家學說的衰落和老莊道家學說的興起，而導致魏晉玄學的出現。可以說，魏晉玄學是以老莊（或易、老、莊三玄）思想為骨架，從兩漢繁瑣的儒家經學中解放出來，企圖調和「自然」與「名教」的一種特定的思潮。為什麼要討論「自然」與「名教」的關

（左圖）魏晉時期的銅印與印盒。古時，印章是個人身分的徵信，而魏晉之時的銅印或玉印，是以印紐的形制來區別官秩大小。

（右圖）清 蘇六朋《竹林雅集圖》。

「竹林七賢」代表了魏晉時期隱士冰清玉潔的風範，亦成為後世文人之憧憬。

TOP PHOTO

19

（上圖）元　劉貫道《夢蝶
圖》。
魏晉時期崇尚老莊之道，竹
林七賢中的向秀便曾注《莊
子》。劉貫道的《夢蝶圖》取
材於「莊周夢蝶」典故，畫中
莊周於樹蔭下的涼榻而眠，一
旁蝴蝶翩然飛舞。

係問題？這是因為漢末儒家的「名教」、「禮法」等受到破
壞，必須要為它找一存在的根據。當時的玄學家認為，老子
的「道」也許可以作為「名教」存在的根據，因為老子主張
「道法自然」，「道」以自然為法則，它不是人為的，「道」
是自然而然存在的。如果「道」可以成為人為的「名教」存
在的根據，那麼儒家思想就可以和道家思想統一起來，這樣
「道」就是「本」（本體），「名教」就是「末」（末有）。袁
宏《名士傳》中，把「魏晉玄學」的發展分為三個時期：以
何晏、王弼為代表的正始時期（240～249）的玄學；以嵇
康、阮籍等七賢為代表的竹林時期（255～262）的玄學；

TOP PHOTO

以裴頠、郭象為代表的元康時期（291年前後）的玄學。

何晏、王弼提出「道」即「自然」玄學思想。他們認為「道」（宇宙本體）即「自然」，這是根據老子的「道法自然」而來的，宇宙本體是自然存在著的，「名教」、「禮法」等等是人為的東西，應該效法「自然」，這兩者應該是統一的，社會才可以成為理想的社會。所以「自然」是「本」、「名教」是末，不能本末倒置。但是，在王弼哲學中存在著一個矛盾，他有時說「舉本統末」，根據宇宙本體之自然來把「名教」等人為的東西統一起來，但有時他又說「舉本息末」，要把宇宙本體之「自然」樹立起來，把那些人為的違

儒家的「禮教」 即以禮為教，它將倫理與政治二者密切地結合在一起。宗法禮制是禮教的起源，孔子根據西周時代的禮制，因時損益，進一步發展禮制的理論，將禮的制度與理論結合，奠定儒家禮教的基礎，並將人類社會生活的所有內容都以禮教統攝，一切皆以禮教為準則。

禮教的意義，首先在於透過典章制度的規範，使人能夠對自己的欲求有所節制，調節人們的言行，進行道德修養，達到和諧的狀態。然而，當禮教在不斷地因襲之後，其精神內涵被後人忘卻，僅留下制度儀式時，便失去其最重要的意義，且無法因時制宜，成為一種束縛與控制，反而淪為執政者及有心人的工具，為害甚矣。魏晉南北朝則因政治因素與道家、道教、佛教的影響，多有反對禮教之聲浪，使得禮教面臨挑戰。唐代由於玄宗推崇《孝經》，則再度開始重視禮教。從宋代到明中葉，因為宋明理學家的強力推崇與發展，使得儒家思想再度興盛。但隨著明中葉以降，漸有重視個人自然性情的思想興起，禮教再度遭到挑戰。清代則以調和禮教與個人性情的學說思想為主流。

（右圖）日本 池大雅《東林拜訪圖》（屏風畫）。
此畫繪陶淵明和道士陸修靜一同前往拜訪慧遠法師的情景。於畫中，陶淵明為儒生代表、陸修靜為道家代表、慧遠法師為佛教代表，融合了儒釋道三教合一的概念。

背「自然」的「名教」、「禮法」排除掉，使人回歸到原本的自然而然生活的狀態。

我們知道，哲學的發展往往會在哲學思想的論說中發生矛盾，其後哲學家認識到這種矛盾，就想方設法來解決，在何晏、王弼之後出現了兩條解決上述矛盾的路線，一條就是嵇康、阮籍為代表的竹林派玄學家，他們提出「越名教而任自然」，只有超越「名教」才可以真正的「任自然」，即要放棄那些束縛人的「名教」和虛偽的「禮法」，才可以使人們自然而然地，按照人的本性為人處世，可以說他們是沿著王弼「舉本息末」的思想發展起來的。另一條是裴頠的路線，

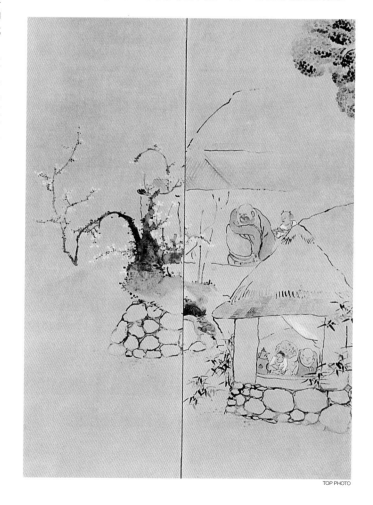

TOP PHOTO

他認為有社會的存在就要解決人與人之間的關係，這樣就要有一套禮儀制度來規範人們的行為，這就要有「名教」、「禮法」等等。因此，他對否定「名教」、「禮法」的思想進行了批判。其後又有郭象認為：「自然」和「名教」並非對立，是可以統一的，因為理想的社會可以是「即世間又出世間」（生活在現實的社會裏，但在精神上可達到超越的境界），就是說，社會可以而且應該有「名教」、「禮法」禮儀制度，人們可以去適應它，但在精神上卻應該超越它。所以聖人應該可以做到「身在廟堂之上，而心無異於山林之中」。意思就是，你可以做官任職，但你的精神境界不要為這種「名譽」、「地位」、「榮譽」等等束縛住，也就是說，為了維持社會的安寧、穩定，人可以遵守「名教」、「禮法」，但在精神上卻要超越它，應該和宇宙本體之「自然」相通，因為「名教」、「禮法」是暫時性的，理想的精神境界才是終極性的。可是「名教」也是不能被忽略的，因此我們要了解魏晉玄學的發展，就是要解決「自然」與「名教」之間的矛盾，「竹林七賢」只是魏晉玄學發展中的一個環節，我們必須放在一個歷史發展過程中來了解它的意義。

TOP PHOTO

（上圖）元 王蒙《葛稚川移居圖》（局部）。
《葛稚川移居圖》主要描繪道士葛洪攜家移居羅浮山修道的場景。漢末儒家衰落，老莊道學興起，葛洪便是晉時道家人物代表。

「越名教而任自然」的風度

宗白華在〈論《世說新語》和晉人的美〉中說：「漢末魏晉六朝是中國政治上最混亂、社會上最痛苦的時代，然而卻

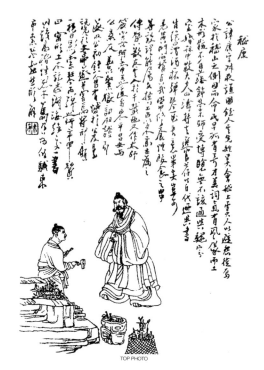

TOP PHOTO

是精神上極自由、極解放、最富智慧、最濃於熱情的時代。」「極自由、極解放、最智慧、最濃於熱情」，所說的大概就是「魏晉風度」，而「七賢風度」應是「魏晉風度」的集中體現。「七賢風度」既表現在他們的性情、氣質、才華、格調等內在的精神面貌上；也表現在他們的言談、舉止、音容、笑貌等外在風貌上。「七賢風度」可以說在中國歷史上「前無古人，後無來者」，這種「風度」是魏晉的時代產物，也只能為「七賢」的特質性情、人格所造成。這種「風度」主要表現在他們的「越名教而任自然」上。

「越名教而任自然」一語見於嵇康《釋私論》中。嵇康、阮籍反對當時的所謂「名教」，所謂「名教」是「名分教化」的意思，指維護當時皇權統治「三紀六紀」的等級名分，也就是說主要是維護自漢以來皇權統治的「禮教」。至東漢「禮教」已經為世人識破，當時有歌謠說：「舉秀才，不知書；舉孝廉，父別居；寒素清白濁如泥；高弟良將怯如雞。」所謂「任自然」從「竹林七賢」的言談舉止看，是指「任憑自然本性」或說「任憑其心性的自然情感」。用今天的話說，就是要求自由自在地抒發自己內在的情感，而不受虛偽禮教的束縛。

曹魏政權雖在政治和經濟上有所改革，但並沒有能阻止當時世家大族勢力的發展。司馬氏作為世家大族政治勢力的代表，這個政權所賴以支持的集團勢力一開始就十分腐敗，當時就有人說這個集團極為兇殘、險毒、奢侈、荒淫，說他們所影響的風氣「侈汰之亂，甚於天災」（奢侈浪費腐化的風氣，對社會來說比天災還嚴重），可是他們卻以崇尚「名教」相標榜。在嵇康、阮籍看來，當時的社會中「名教」

（上圖）《於越先賢傳》中鍾會訪嵇康版畫，作者應為任熊。
（右圖）晉陸機《平復帖》。《平復帖》約寫於一千七百多年前，是西晉太康時期著名文學家。其文章講求對偶、用典繁複，開駢文之先河。《平復帖》筆鋒樸質淡雅，別具美感。

已成為誅殺異己、追名逐利的工具，成了「天下殘賊、亂危、死亡之術」。那些所謂崇尚「名教」的士人成了「外易其貌，內隱其情，懷欲以求多，詐偽以要名」（外表道貌岸然，內裏藏著卑鄙的感情，欲望無止境，而以欺詐偽裝來追求名譽）。為反對這種虛偽的「名教」，在《世說新語》中記載了一些「七賢」的「恣情任性」，豪放自己內在的真實感情、任憑自己的自然本性的發揮，以超越「名教」的束縛（越名教）的言行。

阮籍、王戎、劉伶

關於阮籍遭母喪的故事，在《世說新語·任誕》中有三段記載，其一說：阮籍的母親去世，他完全不顧世俗的常規禮儀，蒸了一條肥豬腿吃，又喝了三斗酒。然後臨穴，舉聲痛號大哭，吐血數升，廢頓良久（身體很長時間恢復不過

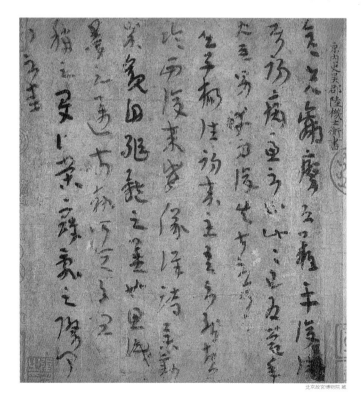

北京故宮博物院 藏

稽康《釋私論》作於三國魏齊王嘉平五年（253），時年三十歲。本文提出「越名教而任自然」的重要概念，後人多以此為正始時期的思想特色。「釋」既有「解釋」之意，亦有「去除」之意，「私」則指「隱匿真情」；「釋私」，一方面是解釋「私」的含義，一方面強調要去除「隱匿真情」的行為。稽康認為，在「君子」的心中並沒有絕對的是非對錯，一切以「道」為行為之準則，因此能「無心」於物，故能「越名教而任自然」，達到超越名教束縛、順任自然的境界。而公與私的標準在於是否隱匿，而不在於是非善惡，如心存善念而隱匿其情者，仍屬於私，若欲伐善而顯露其意者，則屬於公；由此分別了「公私之理」與「是非之理」，以求能夠「善以推善，非以盡非」。更進一步推論出世事有「似非而非非，類是而非是」的現象，說明看似錯誤者並非真的有過，類似正確者其實並不正確，因此必須謹慎觀察是非對錯，以免被包裝的表象所蒙蔽。由此說明「公私之理」，並抨擊被包裝後的虛偽禮教，希望存私者能改過，達到心地坦蕩、言行無有隱匿的狀態，便能成為「顯情無措」、「越名教而任自然」的君子。

25

晉 顧愷之《洛神賦圖》（局部）。

顧愷之《洛神賦圖》取材自曹植《洛神賦》一文，描繪曹植與洛水女神於洛水相遇、別離的場景。畫中曹植寬袖大袍，微敞胸襟，正是魏晉之時名士衣著。又魏晉時期講究文人之美，曹植與策士邯鄲淳相見時，先取水沐浴，又傅粉，接著胡舞擊劍，可看出當時名士對於姿容之講究。

TOP PHOTO

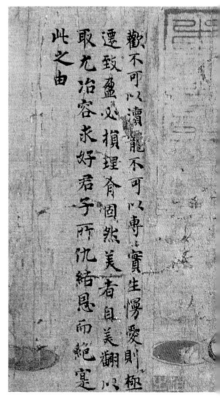

TOP PHOTO

（上圖）唐 閻立本《歷代帝王
圖》（局部）。
圖為晉武帝司馬炎。司馬炎的
集權專制思想，使得魏晉士人
受到極大的壓迫。

來）。按照所謂的「名教」，臨父母喪事，子女是不能吃肉
喝酒的，而阮籍全然不顧。照阮籍看，臨喪不吃肉喝酒只是
表面形式，與阮籍內心的這種椎心泣血真情的悲慟，毫不相
干。阮籍對母親的喪事表現了他對母親真正的「孝心」和深
深「感情」，所以孫盛《魏氏春秋》說：「籍性至孝，居喪雖
不率常禮，而毀幾滅。」（阮籍的性情是非常孝順的，雖然喪
母沒有遵守常禮，實際上悲痛得傷了身體。）有一次阮籍的
嫂嫂即將回家，阮籍就去與她告別，遭到別人譏笑，因為這
樣做是違背常禮的，按《禮記·曲禮》說：「嫂叔不通問」，
於是阮籍乾脆公開宣稱：「禮豈為我輩設邪！」阮籍敢於去
與其嫂告別，表現著可貴的親情和對女性的尊重，同時也表
現了他對虛偽禮教的蔑視。這正是「七賢」的坦蕩「任自然

夫言如微榮，厮莫莫勿謂玄漠，靈鑒無象；勿謂幽昧，神聽無響。無矜尔榮，天道惡盈；無恃尔貴，隆者降於小星。戎彼遂比心鏡，斯則繁尔類

TOP PHOTO

性情」的精神。

　　「七賢」中的另一位名士王戎，據《世說新語‧德行》記載，王戎和另外一「名士」和嶠同時遭遇喪母，都被稱為「孝子」。王戎照樣飲酒食肉，看別人下棋，不拘禮法制度，其實王戎真心悲慟得瘦如雞骨，要依手杖才能站起來。然而和嶠哭泣，一切按照禮數。晉武帝向劉毅說：「你和王戎、和嶠常見面，我聽說和嶠悲痛完全按禮數行事，真讓人擔憂。」劉毅向武帝說：「雖然和嶠一切按照禮數，但他神氣不損；而王戎沒有按照禮數守喪事，可是他的悲痛使他瘦骨如柴。我認為和嶠守孝是做給別人看的；而王戎卻真的對死去的母親有著深情的孝子之心。」一個「雖不備禮，而哀毀骨立」，一個是「哭泣備禮」，而「神氣不損」，究竟誰是假

（上圖）晉 顧愷之《女史箴圖》（局部）。
顧愷之根據張華《女史箴》原文作畫，是為《女史箴圖》，有教育婦女遵循禮制典範之意。

29

（上圖）唐 孫位《高逸圖》。孫位為唐末時期畫家，元人曾譽他的畫作為「蜀中山水、人物，皆以孫位為師」。可見孫位在畫史地位之高。這幅《高逸圖》以竹林七賢為題材，但現今畫上僅存山濤、王戎、劉伶、阮籍（由右至左）四人，嵇康、向秀、阮咸的部分則已經遺失。

孝，誰是悲痛欲絕；誰是裝模作樣，誰是孝子的真情，不是一目了然了嗎？

據《晉書·劉伶傳》說：「劉伶……放情肆志，常以細宇宙齊萬物為心，澹默少言，不妄交遊，與阮籍、嵇康相遇，欣然神解，攜手入林。」（劉伶感情豪放，以自己的意願行事，把外在的世界看得沒有那麼重要，齊一萬物，淡默少言，不隨便和人交往，可是和阮籍、嵇康在一起時，精神一下子就來了，拉著手到樹林去喝酒了。）可見劉伶也是一位有玄心超世越俗的大名士。《世說新語·任誕》中描述劉伶常常不穿衣褲，裸露身體，在他的屋子裏狂飲美酒。有人進到他的屋中，看到如此形狀的劉伶，就對他譏笑諷刺。然而劉伶卻說：「我是把天地作為我房子的屋架，把屋子的四壁作為我的衣褲，你們怎麼會進到我的衣褲裏了呢！」這雖有點近似開玩笑，但卻十分生動的表達了劉伶放達的胸懷和對束縛人們真實性情的禮法的痛恨。這則故事是不是有什麼來源呢？它很可能與阮籍的《大人先生傳》中的一段話有關。

上海博物館 藏

阮籍用蝨子處於人的褲襠之中做比喻，蝨子住在褲襠之中自以為很安全、愜意，因此不敢離開褲襠生活，餓了就咬人一口，覺得可以有吃不盡的食物。當褲子被燒，蝨子在褲襠中是逃不出的。阮籍用此故事比作那些為「名教」所束縛的「君子」，不就像是蝨子在褲襠中生活一樣嗎？阮籍認為，那些偽君子「坐制禮法，束縛下民」，去制定並死守那些禮法，用禮法來控制老百姓。

對名教進行嚴厲批判

為什麼阮籍、嵇康那麼痛恨「名教」？這是因為他們不僅對「名教」的虛偽面貌已有清醒的認識、看透了，而且深刻洞察到「名教」本身對人的本性的殘害。阮籍、嵇康認為，人類社會本應如「自然」（指「天地」）般運行，是一有秩序的和諧整體，但是後來的專制政治破壞了應有的自然秩序，擾亂了和諧，違背了「自然」的常態，造出人為的「名

（上圖）西晉青釉鏤空薰爐。魏晉名士喜薰香，何晏、荀彧、韓壽皆為一例。《太平御覽》載「荀令君至人家，坐處三日香」。因荀彧好薰香，身上常有香氣，至友人處拜訪，香味竟餘留三日。

TOP PHOTO

31

魏晉名士的配備

麥震東繪

❶ 酒

魏晉名士極愛喝
酒，動輒數升，他
們喝的是一種以稻
米釀製成的黃酒，
酒精含量低，就是今
日的紹興酒。
劉伶平生嗜酒，著有《酒德頌》；
阮籍曾為了喝美酒而去當官；阮
咸甚至跟豬一起共飲。

❷ 寬袍大袖

魏晉名士的服裝講求舒適飄逸，
喜歡穿著寬袍大袖。又因為服食
五石散後，全身發熱，所以會披
半透明的薄紗以散熱。由於皮膚
變得細嫩敏感，所以名士們不喜
歡洗澡換衣服，身上常有蝨子。

❸ 大口褲

當時的褲子褲腳管特別肥大，稱
為「大口褲」。

④ 籠冠
魏晉時的主要帽飾是籠冠，以黑漆細紗製成，平頂，兩邊有耳垂下。

⑤ 木屐
服食五石散後，皮膚容易磨破，所以魏晉名士流行穿木屐。
謝安聽到淝水之戰的捷報後，高興得撞斷了木屐的屐齒；而性情急躁的王藍田，夾不起雞蛋竟氣得用木屐去踩。

⑥ 敷粉薰香
魏晉名士非常著重容貌打扮，還會在臉上搽粉，身上薰香。
大富豪石崇家裏的廁所，備有甲煎粉、沉香汁等香料，還有婢女幫忙更衣，讓賓客如廁後可以煥然一新。

⑦ 扇子
魏晉名士喜歡手持扇子，也流行在扇子上題字作畫餽贈親友。
謝安為了幫助賣蒲扇的朋友，就自己拿了一把蒲扇，隨時拿出來使用，十分瀟灑。結果引起人們爭相購買、效仿。

煉丹
魏晉時代名士喜愛服食丹藥，道士葛洪著有《抱朴子》一書，教人如何煉仙丹：首先要找到一座名山，齋戒沐浴後，祭拜神靈，再依照秘方把藥土置於釜中，生火燒煉多日。

米飯湯餅
當時的主食有米飯、豆粥及湯餅（麵條）。
殷仲每餐吃五碗飯，連掉出來的飯粒都要吃乾淨；魏明帝請何晏吃熱騰騰的湯餅，以測試他臉上有沒搽粉。

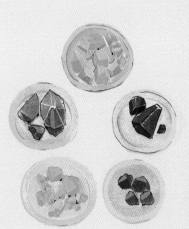

五石散
由石鐘乳、紫石英、白石英、石硫磺、赤石脂五味石藥合成的一種散劑，有毒品和春藥的效果，服後身體燥熱，需要「行散」。
長期服用，皮膚便會變得白嫩細緻。

古琴
亦稱瑤琴，是中國最古老的彈撥樂器，嵇康、阮籍都是撫琴的名家。據説嵇康在臨死前，彈奏完一曲《廣陵散》後，才從容赴死。

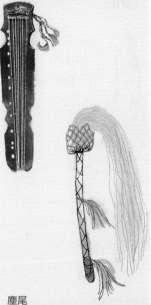

塵尾
塵尾是用大鹿的尾毛製成，是魏晉名士清談時的重要道具。
孫盛與殷浩有一次在飯桌上清談辯論，彼此大甩塵尾，結果毛都掉到飯裏，最後連飯也吃不成。

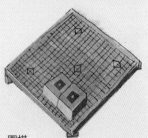

圍棋
建安七子與竹林七賢都喜歡下圍棋，名士聚會時，常以此為戲。
阮籍在下圍棋的時候，聽聞母親的死訊，還是堅持下完一局才去奔喪。

33

TOP PHOTO

教」，致使其與「自然」對立，正如嵇康在《太師箴》中所說：「季世陵遲，繼體承資，憑尊恃勢，不友不師，宰割天下，以奉其私，故君位益侈，臣路生心，竭智謀國，不吝灰沉。賞罰雖存，莫勸莫禁。若乃驕盈肆志，阻兵擅權，矜威縱虐，禍崇丘山。刑本懲惡，今以脅賢。昔為天下，今為一身。下疾其上，君猜其臣。喪亂弘多，國乃隕顛。」（上古以後社會越來越壞了，把家族的統治確立起來，憑著尊貴的地位和強勢，不尊重其他的人，宰割魚肉天下的老百姓，來為他們統治集團謀取私利。這樣君主在位奢侈腐敗，臣下對之以二心。這個利益集團用盡心思不惜一切地占有國家財富，雖有賞罰制度，然而卻無法好好實行，也沒能禁止犯法。以至於專橫跋扈、一意孤行，用兵權控制政權，逞威風、縱容為非作歹，其對社會的禍害比壓在我們頭上的大山還高重。刑法本來是為了懲罰作惡的，可是現在成了殘害好人的東西。過去治理社會是為天下的老百姓，而今天卻把掌握的政權作為他個人謀私利的工具。下級

（上圖）魏晉名士由於常服五石散，以至於皮膚較薄，若穿洗好熨燙的新衣容易磨破皮膚，因此許多名士愛穿薄紗舊衣。圖為出土的魏晉銅熨斗。（下圖）魏晉時，統治者對於禮教規範嚴格，尤其恪守禮制喪制，阮籍便曾因母喪不守喪制而遭非議。圖為二十四孝中「王裒聞雷泣墓」畫。王裒是晉文帝時期人，侍母極孝。其母生前怕雷聲。王裒每聞雷聲，即奔墓前，拜泣告曰：「裒在此，母勿懼。」

TOP PHOTO

憎恨上級，君主猜忌他的臣下。這樣必定喪亂一天天多起
來，國家哪會不亡呢？）

　　在阮籍的《大人先生傳》中對現實社會政治的批判同樣
深刻，他在《大人先生傳》中說：「今汝尊賢以相高，競能
以相尚，爭勢以相君，寵貴以相加，驅天下以趣之。此所以
上下相殘也。竭天地萬物之至，以奉聲色無窮之欲，此非所
以養百姓也。於是懼民之知其然，故重賞以喜之，嚴刑以威
之。財匱而賞不供，刑盡而罰不行，乃始亡國、戮君、潰敗
之禍。此非汝君子之為乎？汝君子之禮法，誠天下殘賊、亂
危、死亡之術耳！而乃目以為美行不易之道，不亦過乎？」
（你們那些「君子賢人」呀，爭奪高高的位置，誇耀自己的
才能，用權勢凌駕在別人上面，高貴了還要更加高貴，把天

（上圖）《竹林七賢與榮啟期
畫像磚》拓片（局部）。
《竹林七賢與榮啟期畫像磚》
為南朝流傳下來磚畫，亦是最
早描繪竹林七賢的作品。畫中
七賢與榮啟期並坐，雖為不同
時期人物，但有以七賢譬喻榮
啟期之意。

下國家作為爭奪的對象，這樣哪能不上下互相殘害呢？你們把天下的東西都據為己有，供給你們無窮貪欲的要求，這哪裏是養育老百姓呢？這樣，就不能不怕老百姓了解你們的這些真實情形，你們想用獎賞來誘騙他們，用嚴刑來威脅他們。可是，你們哪裏有那麼多東西來獎賞呀，刑罰用盡了也很難有什麼效果，於是就出現了國亡君死的完蛋局面。這不就是你們這些所謂的君子所作所為的事嗎？你們這些偽君子所提倡的禮法，實際上是殘害天下老百姓、使社會混亂、使大家都死無葬身之地的把戲。可是你們還要把這套把戲說成是美德善行，是不可改變的放之四海而皆準的道理，這難道不太過分了嗎？）

恣情任性，得失不放心上

在阮籍、嵇康等看來，這樣的社會政治當然是和有序、和諧的「自然」相矛盾，因此他們在「崇尚自然」的同時，對「名教」做了大力的批判。在他們看來，所謂「名教」是有違「天地之本」、「萬物之性」的，而「仁義務於理偽，

（上圖）魏晉畫像磚墓出土的貴族出行儀仗圖。此磚畫反映魏晉時貴族騎馬出行，侍從簇擁、聲勢烜赫的模樣，也反映出北方貴族仍以騎從為主。
（右圖）魏晉時期的名刺。名刺即今天的名片。圖中名刺寫著「弟子高榮每年問起居沛國相字萬緡」字樣，「高榮」是名刺主的姓名，「沛國相」則是其官職。

非養直之要求，廉讓生於爭奪，非自然之所生」（在他們看來，那些偽君子把仁義作為掩蓋虛偽的工具，並不是培養正直所要求的；所謂廉讓是因為產生了爭奪，這些都是違背自然的）。這種人為的「名教」只會傷害人的本性，敗壞人們的德行，破壞人和自然的和諧關係。由此，嵇阮發出「越名教而任自然」的呼聲。

《世說新語‧任誕》「阮籍遭母喪」條，劉孝標注引干寶《晉紀》曰：「何曾嘗謂阮籍曰：『卿恣情任性，敗俗之人也。今忠賢執政，綜核名實，若卿之徒，何可長也？』復言之於太祖，籍飲噉不輟。」何曾是崇尚「名教」的「禮法之士」，在晉文王清客座中，指責阮籍「恣情任性」，是傷風敗俗的人，現在忠臣賢相執政，一切都有條有理。阮籍聽著，不屑一顧，全不理會，照樣「神色自若」的不停地酣飲，表現著對何曾的蔑視。「恣情任性」正是「七賢」最重要的「風度」。所謂「恣情任性」，即為人處事重要的是在於任憑自己內在性情，而不受外在「禮法」的條條框框的束縛，「恣情任性」正是「越名教而任自然」的一種表現。嵇

37

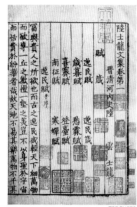

（上圖）晉 陸雲《陸士龍文集》。陸雲為西晉名士陸機之弟，與其兄並稱為「二陸」。晉太康年間，以詩聞名的有「三張二陸、兩潘一左」，兩陸即是指陸機、陸雲。

（右圖）清 華品《金谷園圖》。此圖描繪西晉富豪石崇在金谷園中與歌妓綠珠吹笛尋歡的場面。《世說新語‧汰侈》：「石崇與王愷爭豪，並窮綺麗以飾輿服。武帝，愷之甥也，每助愷。嘗以一珊瑚樹高二尺許賜愷，枝柯扶疏，世罕其比。愷以示崇。崇視訖，以鐵如意擊之，應手而碎。愷既惋惜，又以為疾己之寶，聲色甚厲。崇曰：『不足恨，今還卿。』乃命左右悉取珊瑚樹，有三尺、四尺條幹絕世、光彩溢目者六七枚，如愷許比甚眾。愷惘然自失。」其富裕可見一斑。

康有篇《釋私論》也討論到這個問題，他說：「夫君子者，心無措乎是非（指內在的心意，不把外在是非得失放在心上），而行不違乎道者也。夫氣靜神虛者，心不存乎矜尚；體亮心達者，情不繫於所欲。矜尚不存乎心，故能越名教而任自然；情不繫於所欲，故能審貴賤而通物情。物情順通，故大道無違；越名任心，故是非無措。是故言君子，則以無措為主，以通物為美。言小人，則以匿情為非，以違道為闕。何者？匿情矜私，小人之至惡；虛心無措，君子之篤行。」（真正可以被稱得上君子的人，內在的心性並不關注是非得失，可是他的行為是不違背大道〔自然之道〕的。）

為什麼這樣說呢？神氣虛靜的人，他的心思不放在外在的是非得失之上（按：指不執著外在的東西，如名譽、地位、禮俗等等）；對於胸襟坦蕩的人來說，是非得失不會對自己的心性有什麼影響，那麼就可以超越名教的束縛，而按照自己的自然性情生活；情感不被外在的欲望所蒙蔽，那才能了解什麼是好、什麼是壞，才可以對天地萬物有真正的體認。能夠通達天地萬物的實情，這樣就可以和「大道」（指宇宙本體）合而為一。真君子必須能超越虛偽的名教，任乎自然之真性情，因為外在的是非得失不關乎心性。因此說到君子，是以不把外在的事情（如名譽、地位、禮俗）放在心上，這才是根本，要把內心的真性情放在天地萬物上（指與宇宙為一體）。

小人總是隱瞞真實的情感，這是違背自然本性的。隱瞞自己的感情、念念不忘私利，是最壞的小人；不把外在的利害得失放在心上，一任真情，是君子所應實實在在做到的。君子應該不把外在的名譽、地位、禮法等等放在心上，而是一任真情的為人行事；要敢於把自己的自然本性顯露出來，不要顧及外在的是非非，這樣一方面可以「越名教而任自然」；另一方面又可以達到與天地萬物為一體的「自然」境界。 說明所謂「七賢風度」就是要把釋放人的自然性情放在首位。

情不繫於所欲

《世說新語‧簡傲》中載：「嵇康與呂安善，每一相思，千里命駕。」嵇康與呂安最為要好，每次想念到他，就駕車前去看望。又有阮籍「時率意獨駕，不由徑路，車跡所窮，輒慟哭而反。」（阮籍有時憑自己的心意，獨自駕車外出，並不考慮有沒有可行車的道路，直到無路可走，才痛哭而返。）（《晉書‧阮籍傳》）從中，我們可以看到嵇康駕車千里尋友，雖有目的，而完全是「恣情任性」，表現了嵇康對呂安的真實感情。故該條有劉孝標注引干寶《晉紀》：「初，安之交康也，其相思則率爾命駕。」為什麼嵇康要駕車千里訪呂安？這是因為呂安和嵇康一樣是「恣情任性」不顧禮法的大名士。嵇康的哥哥嵇喜是個做大官的禮法之士。有一次，呂安訪嵇康家，嵇康不在，嵇喜迎接了，呂安根本不理不睬嵇喜，而在門上寫了個鳳字就走了。嵇喜很高興，以為說他是鳳凰呢！殊不知呂安說嵇喜是凡鳥（《世說新語‧簡傲》）。又有一次，呂安要從嵇康家離開，嵇喜設席為呂安送行，呂

（上圖）唐 韓幹《神駿圖》。《神駿圖》取材自近代高僧支遁愛馬的故事。有人贈予支遁五十兩黃金及駿馬一匹，支遁將黃金送了人、馬匹卻留下來，他人問支遁為何不將黃金留下而將馬送走，支遁笑曰：「貧道愛其神駿。」相當具魏晉名士的風度。

安獨坐車中，不赴席。但是嵇康的母親為嵇康炒了幾個菜，備了酒，讓嵇康和呂安一起吃菜喝酒，盡歡「良久則去」。干寶《晉紀》據此事，說呂安「輕貴如此」（看不起大官到如此地步）。阮籍嘗「率性獨駕」與嵇康的「千里命駕」形式上相同，但目的不一樣，嵇康是有目的去訪呂安，而阮籍是無目的地發洩胸中鬱悶，所以他駕車跑到無路可走的地方，興盡痛哭而回，這可以說是「情不繫於所欲」（放縱自己的情感並沒有什麼具體目的）。蓋魏晉之世，天下多變，真正有理想、有抱負的名士，往往不得善終。阮籍有見於此，痛苦之極，而又無法改變現狀，故而有此「率性獨駕」之舉。

七賢與酒

在古今歷史上，常有「借酒澆愁」之事。「竹林七賢」多是好酒如命的名士。他們並不是為個人的私事而酣飲消愁，而是因生不遇時，無法實現他們的理想和抱負而「借酒澆愁」，且同時也表現了他們豪邁放達之性格。《晉書·阮籍

中國古代文人與酒的關係密切

著名文人多有引觴賦詩之作，而酒對於中國文人來説，最普遍亦最重要的作用之一，就是在仕途坎坷、生活困苦、時序變換等種種悲傷與憂愁中，由於苦痛無法排解，因此藉由飲酒加以消愁解憂，以求得一時的解脱。如劉伶《酒德頌》言：「止則操卮執觚，動則挈榼提壺，惟酒是務，焉知其餘。」陶淵明則有《飲酒》詩二十首，杜甫更作《飲中八仙歌》。酒的另一個作用，便是對酒當歌，為文人激發豪情、抒發情志，在作品中呈現一種壯闊縱橫之氣象，令人嚮往，如辛棄疾《破陣子·為陳同甫壯詞以寄之》云：「醉裏挑燈看劍，夢回吹角連營。」使人壯志激昂，豪情遄飛。

TOP PHOTO

（上圖）清 黃慎《煉丹圖》。煉丹是道教信仰的一環，魏晉時期名士因崇尚老莊思想，除飲酒、清談之外，亦煉丹服食。

傳》中説：「籍本有濟世志，屬魏晉之際，天下多故，名士少有全者，籍由是不與世事，遂酣飲為常。」（阮籍本來有改變社會政治現實的願望，但是在魏晉之際，社會政治變化無常，許多有志之士常遭受殘害，於是阮籍只得遠離政治鬥爭，用大量飲酒來消愁吧。）

《世説新語·任誕》中説：「步兵校尉缺，廚中有貯酒數百斛，阮籍乃求為步兵校尉。」劉孝標注引《文士傳》説得比較具體：「籍放誕有傲世情，不樂仕宦。晉文帝親愛籍，恆與談戲，任其所欲，不迫以職事。籍常從容曰：『平生曾游東平，樂其士風，願得為太守。』文帝説，從其意。籍便騎驢徑到郡，皆壞府舍諸壁障，使內外相望，然後教令清守。十餘日，便騎驢而去。後聞步兵廚中有酒三百斛，忻然求為校尉。於是入府舍，與劉伶酣飲。」（阮籍豪放任性，有傲世的性情，不喜歡做官。晉文帝對他很尊重，常常和阮籍談話説笑，聽任他做喜歡的事，不強迫阮籍做官。有一次阮籍很輕描淡寫地對晉文帝説：我曾去東平遊玩過，對它那裏的風土人情很喜歡，想到那去做官，文帝很高興，答應了阮籍的要求。阮籍於是騎著驢子就上任了。到太守府後，首先就把衙門的前後壁打通，使外面能看到衙門內的事情。十來天後就騎驢子走了。後來聽説步兵營的廚房中有酒三百斛，又很高興地要求去當步兵校尉，一到校尉府中，就和劉伶酣飲起來。）又《竹林七賢論》中説：「籍與伶共飲步兵廚中，並醉而死。」此當非事實。因為阮籍是魏景元四年（263）去世，而劉伶在晉泰始（265～274）時尚在世。「太守」是大官，阮籍去就此職，是因為東平有山水名勝，且民情淳樸，他就任之後，把衙門的前後牆壁都打通，是要讓在外面的老百姓能看到衙門內的事情，然後他的行政教令使社會清靜安寧，只在東平待了十餘日，就棄官，騎驢走了。這真是乘興而來興盡而去了。步兵校尉只是個不大的小官，在那裏的廚房有大量的美酒，阮籍很高興的要求去就任，並和劉伶一起酣

（左圖）明 張鵬《淵明醉歸
圖》。
此畫描繪陶淵明酒醉，由身旁
的侍童攙扶歸家。魏晉時期因
政治壓迫，士人有志難伸，因
此常藉酒舒展，同時亦表達他
們豪放的性格。

43

（上圖）晉 王羲之《蘭亭集序》。
《蘭亭集序》是王羲之與友人在蘭亭聚會飲酒作樂後，趁著醉意與詩興時寫下的名帖，筆風灑脫自然，很能表現魏晉名士「恣情」的風度。

飲。阮籍的「任性」放達真是超凡越俗而成酒仙了。

劉伶也是酷愛自由、嗜酒如命的「七賢」之一，《晉書‧劉伶傳》說：「（伶）初不以家聲有無介意，常乘鹿車，攜一壺酒，使人荷鍤而隨之，謂曰：『死便埋我』。其遺形骸如此。」（劉伶全不顧他的行為對他家族的聲望有無傷害，常常坐著一輛鹿駕的車，提著一壺酒，讓隨從的人拿著一把鋤頭，並對隨從的人說：『如果我醉死了，你們把我就地埋了吧。』劉伶就是對其外在的身體一點都不看重。）這是由於他看重的，是其內在放達精神。劉伶寫了一篇《酒德頌》，大意是說：大人先生認識到人的一生，比起無限的時間、無邊的空間來說，是短暫而渺小的，如果能把自己的生命看成是和天地一樣寬闊、把無盡的時間視為一瞬間，把狂放豪飲，看成是「無思無慮，其樂陶陶」的事，能自由自在快活

北京故宮博物院 藏

過一生，比起你們那些一生專守禮法之士「陳説禮法」，追名逐利、勾心鬥角，誰更快樂呢？我們就此可感受到「七賢名士」的「放達」精神之可愛了。劉伶還有一個故事，《世説新語‧任誕》中描述劉伶太想喝酒，請他的妻子給他點酒喝。可他的妻子把酒倒掉，酒壺摔碎掉，哭著對劉伶説：你喝酒太多，有傷身體，不是養生之道，快斷酒吧！劉伶説：好呀！但是我自己沒有能力斷酒，要向神鬼禱告求助，向他們發誓斷酒才行。這樣就得有酒有肉來祭祀鬼神。於是他的妻子置辦了酒肉於鬼神牌位前面，讓劉伶發誓斷酒，於是劉伶跪著向神牌發誓説：「天生劉伶嗜酒如命，一飲一斛，五斗酒下肚可以解我的嗜酒之病。」於是酣飲大吃，醉得像土石一樣。

這些「七賢」酣飲的故事説明了，處於世事昏亂之時，

TOP PHOTO

（上圖）晉代雞首瓷壺酒具。《世説新語‧任誕》載：「步兵校尉，廚中有酒數百斛，阮籍乃求為步兵校尉。」是阮籍藉酒表達其放達的精神。

這天，與阮籍談談天… 馬可李奇繪

竹林七賢的阮籍曾經和王渾（王戎之父）說：「濬沖清賞，非卿倫也。共卿言，不如共阿戎談。」阮籍是先認識王渾，但卻與小自己二十歲的王戎更為投緣，兩人成為忘年之交，一起清談、一樣過著放達式的生活。

魏晉名士流行清談，是那時候知識分子之間的重要社交活動，當中不乏「談話高手」，如嵇康「善談理，又能屬文」、王戎「善發談端」。清談的形式有一人主講，亦有兩人辯論，多人圍坐參與。流行話題以玄學為主，但在不同的年代亦有所不同：正始時期（240~249）流行談老、易玄學、聖人「有情無情」等問題。在竹林七賢活躍的時代（約249~254），尤其喜歡談論《莊子》，如阮籍「博覽群籍，尤好《莊》、《老》」、向秀「雅好老莊之學」。

在唐孫位所繪的《高逸圖》中，我們看到了山濤、王戎、劉伶、阮籍坐在華麗的花壇上：王戎一副欲侃侃而談的樣子，阮籍則手持麈尾悠然自得的模樣。麈尾是名士在清談中常備的風雅器物，製自麋鹿尾巴，兼具散熱與拂塵的功用。余嘉錫注《世說新語・言語》寫道：「麈尾有四柄，此即魏、晉人清談所揮之塵。其形如羽扇，柄之左右傅以麈尾之毫」。持麈尾的人代表了具出色的清談能力，而後世把麈尾視為清談的象徵。《高逸圖》中站在山濤旁是一位奉琴的童子，七賢當中，嵇康和阮籍善於彈琴。阮籍曾於晉文王的座中，「晉文王功德盛大，坐席嚴敬，擬於王者。唯阮籍在坐，箕踞嘯歌，酣放自若。」（《世說新語・簡傲》）在如此肅然的場合，阮籍亦能這般旁若無人，不難想像這些名士在清談的過程中，也可能是琴聲、嘯聲起落。

一天，王戎路經昔日與嵇康和阮籍喝酒的地方，往日一同「縱酒昏酣，遺落世事」，如今兩人都已離世，「今日視此雖近，邈若山河」（《世說新語・傷逝》），嘆息物是人非，而清談的潮流亦在南朝時期漸息。

這批名士無力改變現實，所以求精神上的自由愉悅。正如嵇康在《難自然好學論》中所說：「六經以抑引為主，人性以從欲為歡。抑引則違其願，從欲則得自然。然則自然之得，不由抑引之六經；全性之本，不須犯情之禮律。」（古來那些經典對人們來說，其目的是要壓制和引導，然而人之本性所追求的則是把順應其性命之情為快樂。引導和壓制是違背人的意願的，放任其性命之情才是順乎自然的。追求順應自然的本性才是根本，因而不需要侵犯人性情的禮法之類的東西。）「七賢」之飲酒「恣情任性」是要求擺脫虛偽「禮法」之束縛，而求任自然性命之情，這正是「七賢風度」。

以消極的方式對抗當權者

「七賢」之酣飲，在當時還有一種很重要的作用，就是可以此拒絕和抵制當權者種種要求。《晉書·阮籍傳》：「文帝初欲為武帝求婚於籍，籍醉六十日，不得言而止。」這個故事是否真實，是否有所誇大，不得而知，但它所要表現的是當時某些名士不願與腐敗、兇殘的政府合作，有著不願攀龍附鳳的氣概。當然，也表現了當時某些知識分子的軟弱，雖不願同流合污，卻只能用酣飲這種消極的方式來對抗當權者。在中國歷史上，真正敢於正面對抗殘暴、無能、腐敗政權的少之又少，像嵇康那樣視死如歸的名士真是鳳毛麟角了。抱有濟世之志的阮籍在「七賢」中也是表現放達、個性很強的一位，他作《首陽山賦》，以伯夷、叔齊自況，以示和司馬氏政權不合作的態度。他「嘗登廣武，觀楚漢戰處，嘆曰：『時無英雄，使豎子成名』。」他藉楚漢相爭之事，暗示自己所生之時缺少英雄，遂使司馬氏得以專政。後司馬氏篡位，建立晉王朝，阮籍最終也不得不寫了「勸進書」。在這點上，他或與有剛

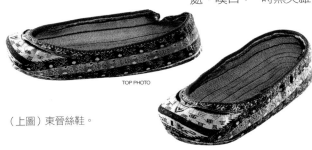

TOP PHOTO

（上圖）東晉絲鞋。

烈之性的嵇康有所不同。據《世說新語‧雅量》中言，嵇康
因呂安事被判死刑，將在東市被斬首，這時他看看日影，
知被殺的時間快到，於是要了琴，就彈起來，說：「過去袁
孝尼曾希望跟我學《廣陵散》，我沒教他，從此以後再沒有
《廣陵散》了。」在他被殺前，「有學生三千人請以為師」。
《廣陵散》絕了，嵇康之人格是否也絕了呢？

聖人的有情無情

　　宗白華在《論《世說新語》與晉人之美》中指出，魏晉
時代是一社會秩序大解體，舊禮教崩潰的時代。它的特點是
「思想和信仰的自由和藝術創造精神的蓬勃發展」，它是一個
「強烈、矛盾、熱情、濃於生命色彩的時代」。這個時代前無
古人，後無來者。它之前的漢代，「在藝術上過於質樸，在
思想上定於一尊，統治於儒教」；在它之後的唐代，「在藝
術上過於成熟，在思想上又入於儒、釋、道三教的支配」。

（上圖）北齊　楊子華《校書
圖》。
畫作以北齊天保七年文宣帝高
洋命樊遜等人刊校五經諸史為
題而作。從畫中五人身上之衣
著還可見魏晉服飾的遺風，以
袒胸薄紗為衣、外披罩衫。

49

《廣陵散》是古琴曲名,「散」是樂曲體裁的類別。關於《廣陵散》的傳說有以下兩種。其一,楊時百《琴學叢書》中認為:「《廣陵散》非嵇康作也,《聶政刺韓王曲》也。」即東漢蔡邕《琴操》所載《聶政刺韓王曲》,此說與朱權《神奇秘譜》中《廣陵散》的小段標題最為吻合,因此大多數人贊同此一說法。其二,《太平廣記》卷三百一十七引《靈鬼志》,記載嵇康早年曾遊學於洛水之西,有一天夜宿月華亭,夜半獨自彈琴,忽然有人來訪,自稱是古人,與嵇康共論音律,逸興所致,於是借嵇康之琴彈奏《廣陵散》,聲調絕倫,並傳授與嵇康,且要求嵇康誓不傳人,天明便飄然而去。《世說新語·雅量》則記載嵇康因反司馬政權而被殺,臨刑前索琴彈奏《廣陵散》,曲終嘆息:「《廣陵散》於今絕矣!」由於種種傳說,使《廣陵散》充滿神秘色彩,且因嵇康奏《廣陵散》從容赴義,更令此曲慷慨激昂,也將《廣陵散》推向更為崇高的歷史地位。

（右圖）元 錢選《羲之觀鵝圖》。
畫中所繪為東晉名士王羲之。王羲之愛鵝成癡,其書法模仿鵝的形態而成。《晉書·王羲之傳》曾記載王羲之「性愛鵝,會稽有孤居姥養一鵝,善鳴。求市未能得,遂攜親友命駕就觀。姥聞羲之將至,烹以待之,羲之嘆惜彌日」。

宗白華認為「只有這幾百年是精神上的大解放,人格上、思想上的大自由」的偉大時代。

王戎嘗謂:「聖人忘情,最下不及情。情之所鍾,正在我輩。」(《世說新語·傷逝》)意思是說,聖人太高超了,他們已超越常人的「情」,而最低下的人又對「情」太遲鈍麻木,難以達到「有情」的境界,只有像我們這樣的名士珍視自己的感情,才敢真正把真情表現出來。我們知道,在魏晉時期的玄學家對「聖人」有情無情曾有所討論。何劭《王弼傳》中說:何晏認為聖人無喜怒哀樂之情,論說得很精采,當時鍾會等名士都贊同,只有王弼不贊同。王弼認為:聖人與一般人相比,他們的不同在精神境界上,而在五情上是相同的。為什麼呢?這是因為孔子對顏回「遇之不能不樂,喪之不能無哀」。可見聖人是有喜怒哀樂之情的。但是聖人之所以為聖人,因其有一高的精神境界,他們可以做到「情不違理」。在《世說新語·文學》中也有一條關於「聖人有情無情」問題的討論。王修(字敬仁,亦稱苟子)在瓦官寺中遇到和尚僧意,僧意問王修:聖人有情不?王修回答說:沒有。僧意進一步問:那麼聖人不就像一根木頭柱子了嗎?王修回答說:聖人像算盤一樣,算盤雖無情,但打算盤的卻有情。僧意又說:如果聖人像算盤一樣,那麼是誰來支配聖人呢?王修回答不了,只能走了。從此段討論看,王修也許不知道王弼對「聖人有情」的看法,聖人有「情」但可「以情從理」。「七賢」名士,有「情」,但並不都是「以情從理」的,而是「恣情任性」的,他們的生活是把自己的「真情」放在第一位,認為這樣才是人之為人應有的,隱藏自己的「真情」是「小人」。

「放達」的低級形式

《世說新語·任誕》中有一則說:「阮籍的鄰居住有一美貌出眾的婦人,常燒飯菜,賣酒。有一天阮籍和王戎在那兒

51

喝酒，喝醉了，就睡在那婦人身旁。那婦人的丈夫起疑，就去察看，看到阮籍沒有什麼不檢點的行為。」這條劉孝標的注有個相似的故事說：阮籍的鄰居有一未嫁的女子甚美，不幸早逝。阮籍和她無親無故，根本不認識，就到那去悲哀地哭，哭完了就揚長而去。劉孝標評說：「其達而無檢，皆此類也。」（阮籍的行為雖是任情放達但不夠檢點吧！）這兩則故事都說明阮籍雖有違當時的「禮教」，但確實是「情之所

鍾」者。

　　無獨有偶，阮籍姪子阮咸也有一故事，《世說新語‧任誕》中載：阮咸和他姑姑家的鮮卑女僕有染。後阮籍母去世，姑姑要回她的家。起初說可以把鮮卑女僕留下，但臨行前，他的姑姑又把女僕帶走了。於是阮咸借了匹驢子穿著孝服去追趕，然而跑了一陣驢子跑不動了，不得不回家，說：「人種不可失」。因為這位女僕懷有他的孩子。雖然魏晉時虛偽

（上圖）謝道韞詠絮年畫。謝道韞，謝安之姪女，為晉代著名的才女，《世說新語‧言語》記載她的事蹟：「謝太傅寒雪日內集，與兒女講論文義。俄而雪驟，公欣然曰：『白雪紛紛何所似？』兄子胡兒曰：『撒鹽空中差可擬。』兄女曰：『未若柳絮因風起。』公大笑樂。」因此「詠絮才」又可作為才女的代稱。

魯迅與《嵇康集》 接觸的最早紀錄為1913年。當時魯迅於教育部任職，因職務關係開始校勘吳寬叢書堂抄本《嵇康集》，此後開始不斷搜求、抄寫、校訂各版本《嵇康集》，直至1931年，歷時十九年，共校勘九次，計抄本三種，親筆校勘五種，另有《〈嵇康集〉考》、《〈嵇中散集〉考》、《〈嵇康集〉逸文》等手稿。魯迅對《嵇康集》的校勘，占了他人生的三分之一，並與他的文學創作時期幾乎完全重疊。這十九年中，魯迅不斷地反覆閱讀《嵇康集》，從中獲取文學與精神的養分。由於嵇康的孤高精神、高潔品格與不幸遭遇，深深地震撼魯迅，因此魯迅十分推崇嵇康，認為他的文章「思想新穎，往往與古時舊說反對」，給予高度的評價。對魯迅來說，《嵇康集》中承載著嵇康的精神，而魯迅自己也在《嵇康集》的閱讀、校勘與理解的過程中，抒發、宣洩自己生命的苦悶。

的禮法早已敗壞，但世家大族仍然在表面上固守禮法。然而「任自然」的「七賢」多把「情」看得比禮法更重，因此常常做出違反「禮法」的事。從上二例，可以看出阮氏叔姪不僅因「情」而壞禮，而且對婦女也比較尊重。

在《世說新語》中還記載有嵇康鍛鐵、阮籍狂嘯的故事，這都表現著「七賢」的「恣情任性」、「逍遙放達」的性格和精神面貌。

《世說新語》讚揚當時如「七賢」等名士所追求的逍遙放達，但也並非無條件的讚美，而是以精神上的自由為高尚，認為言談舉止必須有「真情」，應順乎「自然本性」，既不要拘泥於虛偽的「名教」，也不去追求膚淺形式上的放達，成為「假名士」。樂廣曾批評元康後的「放達」，他認為，竹林以後元康時期的「名士」如阮瞻、胡母輔之之流「皆以任放，或有裸體者」。蓋「任放」是指任意放縱，而「達」是指一種「任自然本性」的精神境界，所以沒有「達」這種精神境界的「放」，只是「放達」的低級形式。

魏晉之際，由於當時的社會政治形勢，如「七賢」等名士是有精神境界的「放達」，而西晉元康中的某些名士的「放達」，是無精神境界的一種形式上的「任放」。魯迅說：「（竹林七賢）他們七人中差不多都是反抗舊禮教的」，「然而後人就將嵇康、阮籍罵起來，人云亦云，一直到現在，一千六百年。季札說：『中國之君子，明於禮義而陋於知人心』。這是的確，大凡明於禮義，就一定要陋於知人心的，所以古代有許多人受了很大的冤枉。」魯迅的意思是說，中國的一些所謂君子，只知道去維護那些虛偽的「禮義」，缺乏對人心的了解，所以在歷史上有「真性情」的人常常被社會所誤解了。我想，魯迅是真的了解「七賢風度」的智者。■

世說新語八周刊

豬樂桃

生於上海，後輾轉於雲南、揚州、上海，北京等地。

作品有《高中五班日記》、《瑪塔》系列、《我的家在西雙版納》、

《豬仔仔的時光機》、《童年時光機》等。

七賢風度 世說新語————56

阮仲容大玩一夜情！

魏晉音樂教父

阮母忌日百里騎驢追真愛

阮咸字仲容，「竹林七賢」之一，性情和他叔父阮籍一樣任達不拘。此君政治和文學上沒有什麼作為，不過音樂造詣頗深，不但自己編曲，還發明了一種叫「阮」的樂器，流傳至今。

本報記者大爆料！
阮咸鮮卑女主僕戀！

阮兄！使不得啊！

阮咸性情放誕不拘禮法，喜歡在節假日把自己的破褲衩晾在廳堂，與群豬一起豪飲美酒（見《晉書·阮咸》）所以，也就不難理解他做出的下面這件，讓當時的禮教所不齒的行為了。

世說新語·任誕

阮仲容先幸姑家鮮卑婢

在那個春暖花開的季節，阮咸的姑姑來家中探親，不知道是日久生情還是一見鍾情，總之，姑姑隨行帶來的鮮卑族丫鬟與這位放任不羈的貴公子阮咸相愛了，並有了那事兒……

不久之後，阮咸的母親去世了，他的姑姑在臨走之前答應阮咸的請求，將那名婢女留下。

真是的，你就留下這婢女吧。

多謝姑姑。

及居母喪 姑當遠移

初雲當留婢

累騎而返

日人種不可失

等等啊！姑姑！

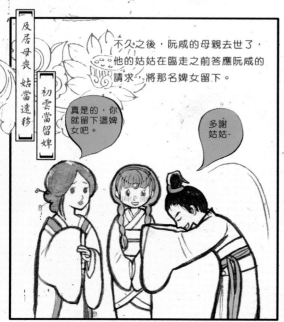

可是阮咸的姑姑臨行前改變了主意，帶著婢女走了。

公子！不好啦……

什麼？

既發定將去

仲容借客驢著重服自追之

即遙集之母也。

阮咸得知慌忙借了客人的驢子，穿著孝服去追趕。兩人一起騎著驢回來。仲容說：「人種不能丟掉。」後來婢女為阮咸生了個大胖小子，名叫阮遙集。

阮咸除了發明了「阮」這個樂器外，在歷史上沒留下什麼痕跡，不過這宗風流事卻千秋流傳，成為「一夜情」的鼻祖。

偷窺晉代奢靡茅廁

看古代富豪如廁！「世八」特派記者獨家報導！

世說新語·汰侈

石崇廁常有十餘婢侍列，

皆麗服藻飾，

大富豪石崇家的廁所裏，經常有十多個穿著華麗的衣服，打扮漂亮的婢女隨時待命侍候，

錦囊·內裝刮屁股的軟木片

草木灰·如廁後，由婢女撒入草木灰，掩臭味、除臭氣、預防疾病等

樂娘·彈奏樂器，消除客人無聊情緒

澡豆·便後洗手用

茅坑·如廁用

華服·如廁後為了避免衣服上有臭味，更換新衣

薰香爐·去處異味

乾棗·塞鼻子防臭氣

置甲煎粉、沉香之屬，無不畢備。

廁所裏從洗手和擦臉的護膚品到去除異味的香薰，無不準備齊全，等待主人與客人前來如廁。

這些漂亮的婢女們為了不讓如廁後的客人們帶著臭味回去，會讓賓客換上新衣服，客人大多因為難為情而不敢上廁所。

又與新衣著令出

客多羞不能如廁

公子請用軟木刮刮屁股吧。

公子請換內褲～

公子請換內衣～

哇！不要過來！人家可是守身如玉的好青年！

哎呦呦！羞死人了啦！討厭～

扭捏

不過大將軍王敦上廁所，就敢脫掉原來的衣服，泰然自若、神色傲慢地由婢女們伺候著穿上新衣服。

王大將軍往，脫故衣，

著新衣，神色傲然。

come on!baby! I prepared~

婢女們互相評論說：「這個客人一定會成為梟雄！」大富豪石崇的這位婢女一語道破天機，永昌元年（322）正月，王敦從荊州起兵，以誅劉隗為名進攻建康，引發了歷史上著名的「王敦之亂」，次年謀求篡位，324年因重病逝世，王敦之亂才得以平定。

群婢相謂曰：「此客必能作賊。」

嗯，此人要留意……

大富豪石崇

如果沒有在自家廁所的一番歷練，估計這位西晉大將軍也不會在石崇家的茅房裏如此「神色傲然」。

王敦被晉武帝招為武陽公主的駙馬，新婚之夕，頭一回使用公主的廁所。

廁所裏的婢女手裏拿著盛著乾棗的漆箱，王大將軍見狀只當是「登坑食品」，便全部吃光。

世說新語·紕漏

王敦初尚主，如廁，見漆箱盛乾棗，

啥？蹲坑還有零食吃？俺老婆的廁所就是不同凡響！

哇！老爺！那是塞鼻子用的！

啊嗚

本以塞鼻，

王謂廁上亦下果，食遂至盡。

原來漆盒裏的乾棗是貴族們如廁時用來塞住鼻孔，堵住撲鼻而來的臭味之用。

你用棗堵住鼻子，聞不見臭味，可是嘴巴卻吸進了臭氣，豈不是更噁？

嚇……這倒也是……

塞

嚼嚼

哇呀！

啥？便便完還有粥喝？

咕嚕……

既遷，婢擎金澡盤盛水

侯完事後，侍婢端來一盤水，還有一個盛著「澡豆」的琉璃碗，

老爺請用～

琉璃碗盛澡豆，

*澡豆：宋代以前，洗臉、淨手、浴身的時候，沒有成團的「肥皂」，而是使用「澡豆」。孫思邈《千金方》記載，澡豆由丁香、沉香、青木香、桃花、鐘乳粉、真珠、玉屑……等二十四味中藥研末製成，洗後皮膚白皙光滑，是當時富家女們的護膚聖品。

王敦又把這些「澡豆」倒在水裏，一飲而盡，

因倒著水中而飲之，

delicieux～
（法語：好吃～）

群婢莫不掩口而笑之。

眾婢女全部掩著嘴嘲笑這位玉大將軍。

群婢雖然嘲笑王敦的粗俗，不過在那個清風雅量盛行的晉代，豪邁得有些粗俗、直率得有些缺心眼的王將軍顯得如此特別，又如此可愛^_^

A 世說新語 ● 八周刊 2011新春特別冊贈送　企畫‧編輯‧撰文‧攝影‧豬樂桃
A New Account of Tales of the World ‧8

封面人物：嵇康　潘岳　庾長仁

特別專題

魏晉型男TOP3

古今中外女性權威票選公布

嵇康蕭蕭肅肅爽朗清舉

庾統玉山上行光映照人

潘岳飄如遊雲矯如驚龍

魏晉型男TOP3

庾統

字長仁，少有令名，司空、太尉辟，皆不就。年二十九，卒。

外形指數 ★★★		才藝指數 ★	
政治成就 ★★		人品指數 ★★★★	
綜合指數 ★★★☆			

世說新語‧容止

庚長仁與諸弟入吳

庾長仁和他的弟弟們一起到吳國。

欲住亭中宿

大家在途中想在驛亭裏住宿。庾統的幾個弟弟先進去，看見滿屋都是平民百姓，這些人一點迴避的意思也沒有。

諸弟先上，見群小滿屋

都無相避意。

長仁曰：「我試觀之。」

我試著進去看看。

魏晉型男 TOP2

稽康 字叔夜，「竹林七賢」領袖人物。魏末文學家，思想家與音樂家，魏晉玄學的代表人物，善音律。著作《廣陵散》為我國十大古琴曲之一。

外形指數 ★★★★　才藝指數 ★★★★★　政治成就 ★★★　　人品指數 ★★★★★　綜合指數 ★★★★

車轉！

呀！

戒雲：「肅肅如松下風，高而徐引」

世說新語·容止

稽康身長七尺八寸，風姿特秀

哇！

Help Me!

見者嘆曰：「蕭蕭肅肅，爽朗清舉」

山公曰：「稽叔夜之為人也，

岩岩若孤松之獨立；其醉也，傀俄若玉山之將崩」

稽康身高一米八，外形特瀟灑秀麗，看見他的人都感嘆「蕭蕭肅肅，爽朗清舉。」要不然就是「肅肅如松下風，高而徐引」

七賢之一的山濤則更加誇張的形容——稽康這個人啊，彷彿像獨立在山崖上威嚴的古松，他喝醉之後，帥得就彷彿玉石之山崩塌一樣！

崩！

哇啊！救命啊！！！

太…太帥了！！！
玉山真的崩塌了！

嵇康不但帥得一塌糊塗，而且還是個特立獨行的憤青，他拋棄了文人向來對輕狂的演繹，寧可做一個純粹靠力氣的打鐵匠，（估計他那「蕭蕭如松下風，高而徐引」的完美身材是來自於每天打鐵鍛煉的成果。）

這位帥鐵匠還是當代著名的大文豪與大音樂家，他用音樂與文章發洩著自己對世事的不滿，他驕傲、不羈、固執、以睥睨的眼光藐視著政治的烏雲。

嵇康因為這樣的性格，與當朝嗆聲，後為晉文帝所殺。
行刑當日，三千名太學生集體請願，請求赦免嵇康。嵇康神色不變，如同平常一般。他顧看了日影，離行刑尚有一段時間，便向兄長要來平時愛用的琴，在刑場上撫了一曲《廣陵散》。曲畢，嵇康把琴放下，嘆息道：「昔袁孝尼嘗從吾學《廣陵散》，吾每靳固之，《廣陵散》於今絕矣！」說完後，嵇康從容地就戮，時年四十。

嵇康超脫的氣度、不凡的外表、超越禮教而任自然的性格與他壯烈的死造就了一個傳奇的人生，也成為了一個時代的符號。

魏晉型男TOP1

潘岳

字安仁，後人多稱之潘安
西晉第一美男子，太康文學的領軍人物

外形指數 ★★★★★　　才藝指數 ★★★★
政治成就 ★★★★　　人品指數 ★★
綜合指數 ★★★★★

潘岳有非常美麗的外貌，是位超級大帥哥，年少時手持著彈弓在洛陽逛街。

不管老少，只要是個女的，全都手拉手圍著這位大帥哥觀看，常常會引起洛陽交通要道堵塞。另外《語林》記載：「安仁至美，每行，老嫗以果擲之滿車。」——每次出行都有老太太投擲果實直到載了滿滿一車！古今中外也就這位帥哥遭此待遇，這人得美到什麼地步啊~

世說新語‧容止

潘岳妙有姿容，好神情。少時挾彈出洛陽道，婦人遇者，莫不聯手共縈之。

在這群圍觀的少婦少女和老嫗之中，有這麼一位出身寒門，渴望成功的人，孤獨而不得志的他，似乎在這場喧囂中，得到了一些啟示……

偶爾示遺岳持你

這裏是洛陽交通隊！

請小姐夫人們立刻散去！

不要阻塞交通！

左太沖絕醜，

亦復效岳遊遨

不要啊～潘仔！

讓人家再看你一眼啊！

沒錯！終於讓我想出了出名的辦法！

這個人叫左太沖，長得不是一般的醜，據記載，他已經醜到了「絕」的地步。

不過，這位仁兄還沒有意識到自己和潘岳的本質區別，想要仿效大帥哥，也來一次轟動洛陽的巡街。

呼

69

於是群嫗齊共亂唾之，

於是，所有的老太太一同向醜男左太沖吐口水。

委頓而返。

啪！

哇啊……讀到信是為什麼啊

噗

本報記者追蹤報導——
左太沖不自量力學潘潘！
慘遭潘「粉」唾棄！

左太沖沮喪的回了家，他明白，自己是無法像那些出身望族的帥哥們一樣輕易走上充滿光輝的仕途。從此以後，左先生發奮圖強，埋頭於寫作，終於以十年之力撰成《三都賦》，分別敘述三國時期蜀吳魏三地的形勢、物產等情況。

神啊！我終於可以成名了！

嘩！

《三都賦》即將出版時，還被眾文人恥笑說：「此間有傖父，欲作三都賦，須其成，當以覆酒甕耳。」（摘自：《晉書·左思傳》）——大家笑著議論：有個倨老頭想寫三都賦，我看等他寫成了，最多拿來當做蓋酒壇的蓋子而已。　好在當時的人們對待文學作品還是公正的，書成之後，時人競相傳閱，洛陽為之紙貴。「洛陽紙貴」這個成語就淵源於此，左太沖也因此改寫了自己的身價。

71

原典選讀

〔南朝宋〕劉義慶 著
〔南朝梁〕劉孝標 注
余嘉錫 箋疏

德行第一

15 晉文王稱阮嗣宗至慎，每與之言，言皆玄遠，未嘗臧否人物。《魏書》曰：「文王諱昭，字子上，宣帝第二子也。」《魏氏春秋》曰：「阮籍字嗣宗，陳留尉氏人，阮瑀子也。宏達不羈，不拘禮俗。兗州刺史王昶請與相見，終日不得與言。昶愧歎之，自以不能測也。口不論事，自然高邁。」李康《家誡》曰〔一〕：「昔嘗侍坐於先帝，時有三長史俱見，臨辭出，上曰：『為官長當清、當慎、當勤，修此三者，何患不治乎？』並受詔。上顧謂吾等曰：『必不得已而去，於斯三者何先？』或對曰『清固為本』。復問吾，吾對曰：『清慎之道，相須而成，必不得已，慎乃為大。』上曰：『卿言得之矣，可舉近世能慎者誰乎？』吾乃舉故太尉荀景倩、尚書董仲達、僕射王公仲。上曰：『此諸人者，溫恭朝夕，執事有恪，亦各其慎也。然天下之至慎者，其唯阮嗣宗乎！每與之言，言及玄遠，而未嘗評論時事，臧否人物，可謂至慎乎！』」〔二〕

【箋疏】

〔一〕李慈銘云：「李康當作李秉。《三國志・李通傳・注》引王隱《晉書》作李秉。秉與康字形近也。各本皆誤。秉字玄胄，通之孫也。所云先帝者，司馬昭也。秉官至秦州刺史、都亭定侯。唐修《晉書》附見其子《重傳》。改秉作景者，避世祖昞字嫌諱。」　嘉錫案：嚴可均《全晉文》五十三李秉《家誡》下注曰：「《魏志・李通傳・注》引王隱《晉書》，秉嘗答司馬文王問，因以為《家誡》。《世說・德行篇・注》及《御覽》四百三十引王隱《晉書》並作李康。因秉字俗寫作秉，與康形近而誤也。李康字蕭遠，中山人。《文選・運命論・注》引劉義慶《集林》康早卒，未必入晉也。」是秉、康之誤，嚴氏已辨之甚明。因其書刊行較晚，李氏未見，故重費考正耳。

〔二〕《文選》嵇叔夜《與山巨源絕交書》曰：「阮嗣宗口
　　不論人過，吾每師之，而未能及。至性過人，與物無
　　傷，唯飲酒過差耳。至為禮法之士所繩，疾之如讎，
　　幸賴大將軍保持之耳。」

17 王戎、和嶠同時遭大喪，俱以孝稱。王雞骨支
牀，和哭泣備禮〔一〕。《晉諸公贊》曰：「戎字濬沖，琅邪人，
太保祥宗族也。文皇帝輔政，鍾會薦之曰：『裴楷清通，王戎簡
要。』即俱辟為掾。晉踐祚，累遷荊州刺史，以平吳功，封安豐
侯。」《晉陽秋》曰：「戎為豫州刺史，遭母憂，性至孝，不拘禮
制，飲酒食肉，或觀某弈，而容貌毀悴，杖而後起。時汝南和
嶠，亦名士也，以禮法自持。處大憂，量米而食，然顦顇哀毀不
逮戎也。」武帝謂劉仲雄曰：王隱《晉書》曰：「劉毅字仲
雄，東萊掖人，漢城陽景王後也。亮直清方，見有不善，必評論
之。王公大人，望風憚之。僑居陽平〔二〕，太守杜恕致為功曹，沙
汰郡吏三百餘人。三魏僉曰：『但聞劉功曹，不聞杜府君。』累遷
尚書、司隸校尉。」「卿數省王、和不？聞和哀苦過
禮，使人憂之。」仲雄曰：「和嶠雖備禮，神氣不
損；王戎雖不備禮，而哀毀骨立。臣以和嶠生孝，
王戎死孝。陛下不應憂嶠，而應憂戎。」〔三〕《晉陽秋》
曰：「世祖及時談以此貴戎也。」

【箋疏】

〔一〕程炎震云：「《晉書·王戎傳》云：『時和嶠亦居父喪。』
　　考《嶠傳》不言父喪去官，而嶠父附見於《魏書·和
　　洽傳》內，則未嘗入晉矣。《戎傳》云：『自豫州徵為
　　侍中，後遷光祿勳、吏部尚書，以母憂去職。』《嶠

傳》亦云：『太康末，為尚書，以母憂去職。』據戎
為豫州，在咸寧五年，而劉毅卒於太康六年。知戎、
嶠遭憂，必在此數年中。而《晉書·戎傳》稱和嶠父
喪，《嶠傳》稱太康末，皆有誤字也。」 嘉錫案：此
自史臣紀敘之疏耳，非傳寫之誤也。 嘉錫又案：孝
友之道，關乎天性，未有孝於其親而薄於骨肉者。而
孝之與友，尤不單行。王戎女貸錢數萬而色不悅，
必待還錢乃始釋然。和嶠諸弟食其園李，皆計核責
錢（均見《儉嗇篇》）。二人之重貨財而輕骨肉如此。
王戎猶可，若和嶠之視兄弟如路人，雖不得遽謂之不
孝，而其所以事親養志者，殆未能過從其厚矣。

〔二〕程炎震云：「《魏志·杜恕傳》不言為陽平，則別是一
人，非元凱之父。」

〔三〕《後漢書·逸民傳》曰：「戴良字叔鸞。良少誕節。母
卒，兄伯鸞居廬啜粥，非禮不行。良獨食肉飲酒，哀
至乃哭。而二人俱有毀容。或問良曰：『子之居喪，禮
乎？』良曰：『然。禮所以制情佚也。情苟不佚，何禮
之論？夫食旨不甘，故致毀容之實；若味不存口，食
之可也。』論者不能奪之。」 嘉錫案：《抱朴子·漢過
篇》曰：「反經詭聖，順非而博者，謂之莊老之客。」
是老莊之學，在後漢之末已盛行。《莊子·大宗師》
曰：「子桑戶、孟子反、子琴張三人相與友。子桑戶
死，未葬；孔子使子貢往待事焉。或編曲，或鼓琴，
相和而歌。子貢趨而進曰：『敢問臨尸而歌，禮乎？』
二人相視而笑曰：『是惡知禮意！』」戴良之言，或出
於此。居喪與王戎、和嶠不謀而合。蓋魏、晉人一切
風氣，無不自後漢開之。《抱朴子》刺嶠以戴叔鸞、
阮嗣宗並論，良有以也。

20 王安豐遭艱，至性過人。裴令往弔之，曰：「若
使一慟果能傷人，濬沖必不免滅性之譏。」〔一〕《曲
禮》曰：「居喪之禮，毀瘠不形，視聽不衰。不勝喪，乃比於不

慈不孝。」《孝經》曰：「毀不滅性，聖人之教也。」

【箋疏】

〔一〕張文虎《螺江日記》七曰：「《世說新語》載王戎遭
　　艱，裴令往弔之曰：『濬沖必不免滅性之譏。』濬沖，
　　戎字。裴令者，裴楷也。楷為中書令，故稱裴令。二
　　人齊名交好，鍾會嘗稱裴楷清通、王戎簡要者，故其
　　言若是。乃《晉書·戎傳》改裴令為裴頠。按頠為戎
　　女夫，未有女夫對婦翁而可直呼其字者，雖晉世不拘
　　禮法，亦不應倨傲至此。」

21 王戎父渾有令名，官至涼州刺史。《世語》曰：「渾
字長源，有才望。歷尚書、涼州刺史。」渾薨，所歷九郡義
故〔一〕，懷其德惠，相率致賻數百萬，戎悉不受。虞
預《晉書》曰：「戎由是顯名。」

【箋疏】

〔一〕「九郡」，程炎震云：「《御覽》五百五十引作『州郡』
　　是也。」

43 桓南郡玄也。既破殷荊州，收殷將佐十許人，咨
議羅企生亦在焉〔一〕。《玄別傳》曰：「玄克荊州，殺殷道護及
仲堪參軍羅企生、鮑季禮，皆仲堪所親仗也。」桓素待企生
厚，將有所戮，先遣人語云：「若謝我，當釋罪。」
企生答曰：「為殷荊州吏，今荊州奔亡，存亡未
判，我何顏謝桓公？」中興書曰：「企生字宗伯，豫章人。
殷仲堪初請為府功曹，桓玄來攻，轉咨議參軍。仲堪多疑少決，
企生深憂之，謂其弟遵生曰：『殷侯仁而無斷，事必無成。成敗
天也，吾當死生以之。』及仲堪走，文武並無送者，唯企生從

焉。路經家門，遵生紿之曰：『作如此分別，何可不執手？』企生回馬授手，遵生便牽下之，謂曰：『家有老母，將欲何行？』企生揮泣曰：『今日之事，我必死之。汝等奉養，不失子道，一門之內，有忠與孝，亦復何恨！』遵生抱之愈急，仲堪於路待之。企生遙呼曰：『今日死生是同，願少見待！』仲堪見其無脫理，策馬而去。俄而玄至，人士悉詣玄，企生獨不往而營理仲堪家。或謂曰：『玄性猜急，未能取卿誠節，若遂不詣，禍必至矣！』企生正色曰：『我殷侯吏，見遇以國士，不能共殄醜逆，致此奔敗，何面目就桓求生乎？』玄聞，怒而收之。謂曰：『相遇如此，何以見負？』企生曰：『使君口血未乾，而生此奸計，自傷力劣，不能翦定凶逆，我死恨晚爾！』玄遂斬之。時年三十有七，眾咸悼之。」〔二〕既出市，桓又遣人問欲何言？答曰：「昔晉文王殺嵇康，而嵇紹為晉忠臣。王隱《晉書》曰：「紹字延祖，譙國銍人。父康有奇才儁辯。紹十歲而孤，事母孝謹，累遷散騎常侍。惠帝敗於蕩陰，百官左右皆奔散，唯紹儼然端冕，以身衛帝。兵交御輦，飛箭雨集，遂以見害也。」從公乞一弟以養老母。」桓亦如言宥之。桓先曾以一羔裘與企生母胡，胡時在豫章，企生問至，即日焚裘〔三〕。

【箋疏】

〔一〕程炎震云：「隆安三年十二月，桓玄襲江陵，害殷仲堪。」

〔二〕嘉錫案：觀《中興書》所載企生對桓玄之語，詞嚴義正，生氣凜然。在有晉士大夫間，不愧朝陽之鳴鳳。而臨終不免遜詞乞憐者，徒以有老母故也。忠孝之

道，於斯兩全。雖所事非人，有慙擇木，君子善善從長，可無深責爾矣。

〔三〕《宋書》五十《胡藩傳》曰：「藩字道序，豫章南昌人也。祖隨，散騎常侍。父仲任，治書侍御史。藩參郗恢征虜軍事。時殷仲堪為荊州刺史，藩外兄羅企生為仲堪參軍。藩請假還，過江陵，省企生。仲堪要藩相見，接待甚厚，藩因說仲堪曰：『桓玄意趣不常，每怏怏於失職。節下崇待太過，非將來之計也。』仲堪色不悅，藩退而謂企生曰：『倒戈授人，必至之禍。若不早規去就，後悔無及。』玄自夏口襲仲堪，藩參玄後軍軍事。仲堪敗，企生果以附從及禍。」 嘉錫案：據此，則企生母蓋胡隨之女、藩之姑也。

言語第二

18 嵇中散既被誅，向子期舉郡計入洛，文王引進，問曰：「聞君有箕山之志，何以在此？」對曰：「巢、許狷介之士，不足多慕。」〔一〕王大咨嗟。《向秀別傳》曰：「秀字子期，河內人。少為同郡山濤所知，又與譙國嵇康、東平呂安友善，並有拔俗之韻，其進止無不同，而造事營生，業亦不異。常與嵇康偶鍛於洛邑，與呂安灌園於山陽，不慮家之有無，外物不足怫其心。弱冠著《儒道論》，棄而不錄，好事者或存之。或云是其族人所作，困於不行，乃告秀，欲假其名。秀笑曰：『可復爾耳。』後康被誅，秀遂失圖。乃應歲舉，到京師，詣大將軍司馬文王，文王問曰：『聞君有箕山之志，何能自屈？』秀曰：『常謂彼人不達堯意，本非所慕也。』一坐皆說，隨次轉至黃門侍郎、散騎常侍。」〔二〕

【校文】

注「無不同」：「不同」，景宋本及沈本俱作「固必」。

注「不慮家之有無」：「之」，景宋本及沈本俱作「人」。

【箋疏】

〔一〕《莊子·逍遙游》：「堯讓天下於許由，曰：『夫子立而天下治，而我猶尸之，吾自視缺然，請致天下。』許由曰：『子治天下，天下既已治也。』」郭象《注》曰：「夫能令天下治，不治天下者也。故堯以不治治之，非治之而治者也。今許由方明既治，則無所代之，而治實由堯，故有子治之言。宜忘言以尋其所況，而或者遂云治之而治者堯也；不治而堯得以治者，許由也。斯失之遠矣。夫治之由乎不治，為之出乎無為也。取於堯而足，豈借之許由哉？若謂拱默乎山林之中，而後得稱無為者，此莊、老之談所以見棄於當塗。當塗者自必於有為之域而不反者，斯由之也。

嘉錫案：莊生曳尾塗中，終身不仕，故稱許由，而毀

堯、舜。郭象注《莊》，號為特會莊生之旨。乃於開卷便調停堯、許之閒，不以山林獨往者為然，與漆園宗旨大相乖謬，殊為可異。姚範《援鶉堂筆記》五十以此為向秀之注，引秀答司馬昭語為證。且曰：「郭象之注，多本向秀。此疑鑒於叔夜菲薄湯、武之言，故稱山林、當塗之一致，對物自守之偏狥，蓋遜避免禍之辭歟？」嘉錫以為姚氏之言似矣，而未盡是也。觀《文學篇·注》引向、郭《逍遙》義，始末全同。今郭《注》亦具載之。則此篇之注出於向秀固無疑義。但《文學篇·注》又引《秀別傳》曰：「秀與嵇康、呂安為友，注《莊子》既成，以示二子。」是向秀書成之時，嵇康尚無恙。姚氏謂「鑒於叔夜菲薄湯、武之言」者，非也。或者後來有所改定耶？要之魏、晉士大夫雖遺棄世事，高唱無為，而又貪戀祿位，不能決然捨去。遂至進退失據，無以自處。良以時重世族，身仕亂朝，欲當官而行，則生命可憂；欲高蹈遠引，則門戶靡託。於是務為自全之策。居其位而不事其事，以為合於老、莊清靜玄虛之道。我無為而無不為，不治即所以為治也。《魏志·王昶傳》載昶為兄子及子作名字，且以書戒之，略曰：「夫人為子之道，莫大於寶身全行，以顯父母。欲使汝曹立身行己，遵儒者之教，履道家之言，故以玄默沖虛為名。欲使汝顧名思義，不敢違越也。夫能屈以為伸，讓以為得，弱以為彊，鮮不遂矣。若夫山林之士，夷、叔之倫，甘長飢於首陽，安赴火於緜山，雖可以激貪勵俗，然聖人不可為，吾亦不願也。」昶之言如此，可以見魏、晉士大夫之心理矣。向子期之舉郡計入洛，雖或怵於嵇中散之被誅，而其以巢、許為不足慕，則正與所注《逍遙游》之意同。阮籍、王衍之徒所見大抵如此，不獨子期一人藉以遜詞免禍而已。　嘉錫又案：《晉書劉毅傳》：「文帝辟為相國掾，辭疾，積年不就，時人謂毅忠於魏氏。而帝以其顧望，將加重辟，毅懼，應命。」司馬昭之待士如此，宜向子期之懼而失圖也。

〔二〕《晉書》本傳曰：「後為散騎侍郎，轉黃門侍郎。散騎常侍在朝不任職，容迹而已。」勞格《晉書校勘記》卷中曰：「案《任愷傳》：『庾純、張華、溫顒、向秀、和嶠之徒，皆與愷善；楊珧、王恂、華廙等，充所親敬。于是朋黨紛然。』則秀實係奔競之徒，烏得云容迹而已哉！」嘉錫案：子期入任愷之黨，誠違老氏和光同塵之旨；然愷與庾純、張華、和嶠之徒，皆忠於晉室，秀與之友善，不失為君子以同德為朋。勞氏譏為奔競，未免稍過。

23 諸名士共至洛水戲。《竹林七賢論》曰：「王濟諸人嘗至洛水解禊事。明日，或問濟曰：『昨遊，有何語議？』濟云云。」〔一〕還，樂令廣也。問王夷甫曰：「今日戲樂乎？」虞預《晉書》曰：「王衍字夷甫，琅邪臨沂人，司徒戎從弟，父乂，平北將軍。夷甫蚤知名，以清虛通理稱，仕至太尉，為石勒所害。」王曰：「裴僕射善談名理，混混有雅致〔二〕；《晉惠帝起居注》曰：「裴頠字逸民，河東聞喜人，司空秀之少子也。」《冀州記》曰：「頠弘濟有清識，稽古善言名理。履行高整，自少知名。歷侍中、尚書左僕射，為趙王倫所害。」張茂先論《史》《漢》，靡靡可聽〔三〕；《晉陽秋》曰：「華博覽洽聞，無不貫綜。世祖嘗問漢事，及建章千門萬戶。華畫地成圖，應對如流，張安世不能過也。」我與王安豐戎也。說延陵、子房，亦超超玄箸。」《晉諸公贊》曰：「夷甫好尚談稱，為時人物所宗。」

【箋疏】

〔一〕李詳云：「案《晉書·王戎傳》作或問王濟云云。《御覽》三十引《竹林七賢論》：王濟嘗解禊洛水，明

日，或問王云云。兩書皆屬濟，與此不同。」　嘉錫
案：孝標《注》引《七賢論》，正所以著其與《世說》
不同，審言置劉《注》不言，而必旁引《御覽》，何
也？
〔二〕李慈銘云：「案混混讀如孟子原泉混混之混。」
〔三〕《御覽》引《七賢論》作「裴逸民敘前言往行，袞袞
　　　可聽」。

78晉武帝每餉山濤恆少。謝太傅安也。以問子弟，
車騎玄也。答曰：「當由欲者不多，而使與者忘少。」
《謝車騎家傳》曰：「玄字幼度，鎮西奕第三子也。神理明俊，善
微言。叔父太傅嘗與子姪燕集，問：『武帝任山公以三事，任以
官人。至於賜予，不過斤合。當有旨不？』玄答有辭致也。」

政事第三

7 山司徒前後選[一]，殆周遍百官，舉無失才。凡所題目，皆如其言。惟用陸亮，是詔所用，與公意異，爭之不從。亮亦尋為賄敗[二]。《晉諸公贊》曰：「亮字長興，河內野王人，太常陸乂兄也。性高明而率至，為賈充所親待。山濤為左僕射領選，濤行業即與充異，自以為世祖所敬，選用之事，與充咨論，充每不得其所欲。好事者說充：『宜授心腹人為吏部尚書，參同選舉。若意不齊，事不得諧，可不召公與選，而實得敘所懷。』充以為然。乃啟亮公忠無私。濤以亮將與己異，又恐其協情不允，累啟亮可為左丞相，非選官才[三]。世祖不許，濤乃辭疾還家。亮在職果不能允，坐事免官。」

【校文】

注「左丞相」：「相」，沈本作「初」。

【箋疏】

〔一〕李慈銘云：「案選上當脫一領字。《晉書》作『前後選舉，周徧內外，而並得其才』。」

〔二〕嘉錫案：《賞譽篇·注》引《山濤啟事》曰「吏部郎史曜出處缺當選。濤薦阮咸，詔用陸亮」，可與此條互證。此出王隱《晉書》，見《書鈔》六十。

〔三〕嘉錫案：晉無左丞相，且安有不可為吏部尚書而可為丞相者？「相」字明是誤字，作「初」是也。

8 嵇康被誅後，山公舉康子紹為秘書丞[一]。《山公啟事》曰：「詔選秘書丞。濤薦曰：『紹平簡溫敏，有文思，又曉音，當成濟也。猶宜先作秘書郎。』詔曰：『紹如此，便可為丞，不足復為郎也。』」《晉諸公贊》曰：「康遇事後二十年，紹乃為濤所拔。」王隱《晉書》曰：「時以紹父康被法，選官不敢舉。年

二十八，山濤啟用之，世祖發詔，以為秘書丞。」紹咨公出處，《竹林七賢論》曰：「紹懼不自容，將解褐，故咨之於濤。」

公曰：「為君思之久矣！天地四時，猶有消息，而況人乎？」[二]王隱《晉書》曰：「紹字延祖，雅有文才，山濤啟武帝云云。」

【箋疏】

〔一〕程炎震云：「紹十歲而孤。康死於魏景元四年，則紹年二十八，是晉武太康元年。」

〔二〕嘉錫案：紹自為山濤所薦，後遂死於蕩陰之難。夫食焉不避其難。既食其祿，自不得臨難苟免。紹之死無可議，其失在不當出仕耳。《御覽》四百四十五引王隱《晉書》曰：「河南郭象著文，稱嵇紹父死非罪，曾無耿介，貪位死闇主，義不足多。曾以問郄公曰：『王裒（原誤褒，下同）之父，亦非罪死，裒猶辭徵，紹不辭用，誰為多少？』郄公曰：『王勝於嵇。』或曰：『魏、晉所殺，子皆仕宦，何以無非也？』答曰：『殛鯀興禹。禹不辭興者，以鯀犯罪也。若以時君所殺為當耶，則同於禹。以不當耶，則同於嵇。』又曰：『世皆以嵇見危授命。』答曰：『紀信代漢高之死，可謂見危授命。如嵇偏善其一可也。以備體論之，則未得也。』」郭象之言甚善，不可以人廢言。郄鑒、王隱之論，尤為詞嚴義正。由斯以談，紹固不免於罪矣。勸之出者豈非陷人於不義乎！所謂「天地四時，猶有消息」，尤辯而無理。大抵清談諸人，多不明出處之義。《日知錄》十三曰：「有亡國，有亡天下，亡國與亡天下奚辨？曰：易姓改號，謂之亡國。仁義充塞，而至於率獸食人，人將相食，謂之亡天下。魏、晉人之清談，何以亡天下？是孟子所謂楊、墨之言使天下無父無君而入於禽獸者也。昔者嵇紹之父康被殺於晉文王，至武帝革命之時，而山濤薦之入仕。紹時屏居私門，欲辭不就。濤謂之曰：『為君思之久矣！天地四

時，猶有消息，而況於人乎？』一時傳誦以為名言，而不知其敗義傷教，至於率天下而無父也。夫紹之於晉，非其君也。忘其父而事其非君，當其未死，三十餘年之間，為無父之人，亦已久矣。而蕩陰之死，何足以贖其罪乎？且其入仕之初，豈知必有乘輿敗績之事，而可樹其忠名，以蓋於晚也。自正始以來，而大義之不明，徧於天下。如山濤者，既為邪說之魁，遂使嵇紹之賢，且犯天下之不韙而不顧。夫邪正之說，不容兩立。使謂紹為忠，則必謂王裒為不忠，然後可也。何怪其相率臣於劉聰、石勒，觀其故主青衣行酒，而不以動其心者乎？是故知保天下然後知保其國。保國者，其君其臣，肉食者謀之。保天下者，匹夫之賤，與有責焉耳矣。」　嘉錫案：顧氏之言，可謂痛切。使在今日有風教之責者，得其說而講明之，尤救時之良藥也。《明詩紀事·辛籤》卷五轉引明李延昰《南吳舊話》云：「夏存古十餘歲，陳臥子適訪其父。存古案頭有《世說》，臥子問曰：『諸葛靚逃於廁中，終不見晉世祖，而嵇紹竟死蕩陰之役，何以忠孝殊途？』存古拱手對曰：『此時當計出處。苟憶顧日影而談琴，自當與諸葛為侶。』臥子歎曰：『君言先得吾心者。』」《易·豐卦·彖》曰：「日中則昃，月盈則食。天地盈虛，與時消息。而況於人乎！況於鬼神乎！」　嘉錫案：山濤之言，義取諸此，以喻人之出處進退，當與時屈信，不可執一也。然紹父康無罪而死於司馬昭之手。《禮》曰：「父之讎，弗與共戴天。」此而可以消息，忘父之讎，而北面於其子之朝，以邀富貴，是猶禽獸不知有父也。濤乃傅會《周易》，以為之勸，真可謂飾《六藝》以文姦言，此魏、晉人《老》、《易》之學，所以率天下而禍仁義也。

67 魏朝封晉文王為公，備禮九錫，文王固讓不受。公卿將校當詣府敦喻。司空鄭沖沖已見。馳遣信就阮籍求文。籍時在袁孝尼家，《袁氏世紀》曰：「凖字孝尼，陳郡陽夏人。父渙，魏郎中令。凖忠信居正，不恥下問，唯恐人不勝己也。世事多險，故治退不敢求進。著書十萬餘言。」荀綽《兗州記》曰：「凖有雋才，泰始中位給事中。」宿醉扶起，書札為之，無所點定，乃寫付使。時人以為神筆[一]。顧愷之《晉文章記》曰：「阮籍《勸進》，落落有宏致，至轉說徐而攝之也。」一本注阮籍《勸進文》略曰：「竊聞明公固讓，沖等眷眷，實懷愚心。以為聖王作制，百代同風，襃德賞功，其來久矣。周公藉已成之業，據既安之勢，光宅曲阜，奄有龜蒙。明公宜奉聖旨，受茲介福也。」

【校文】

注「故治退不敢求進」：「治」，沈本作「恬」。

【箋疏】

〔一〕程炎震云：「《晉書·阮籍傳》取此，但云醉後，不言袁孝尼家，亦不云鄭沖求文。《文帝紀》載阮文於魏景元四年，而云帝乃受命。《文選·注》引臧榮緒曰：『魏帝封太祖為晉公，太原等十郡為邑。太祖讓不受命，公卿將校皆詣府勸進。阮籍為之詞。』又曰：『魏帝，高貴鄉公也。太祖，晉文帝也。』則李善之意不以為景元時。以《魏志》、《晉書》考之，是甘露三年五月，以太原等八郡封晉公。時昭始終讓不受也。詳阮文云『西征靈州，東誅叛逆』。李《注》引王隱《晉書》，以姜維寇隴右及斬諸葛誕事證之，於甘露三年情事為得。若景元四年之十月，則已大舉伐蜀，獻捷文至。魏帝策文且云『巴、漢震疊，江、漢雲徹』，而勸進之箋，不一及之，寧得稱神筆乎？故知

87

李氏親見臧書，乃下確證。惟所引『十郡』字，或傳寫之誤，當為『八郡』耳。張熷《讀史舉正》三曰：《文帝紀》：司空鄭沖勸進。案《魏志》沖時已為司徒，今考《魏志》：齊王嘉平三年，鄭沖為司空。高貴鄉公甘露元年十月，遷司徒，盧毓代之。二年三月，毓薨。四月，諸葛誕為司空，不就徵。自是司空不除人。三年二月誕平，至八月，乃以王昶為司空。則三年五月時，司空虛位，沖或以故官兼之。而其時太尉高柔已篤老，故三司中惟沖遣信求阮文也。若景元四年之策文，明有兼司徒武陔，必別有故，而史闕不具矣。《晉書》云『帝乃受命』，蓋欲盛誇阮文，故移其繫年以遷就之。《文選》但云鄭沖，不具其官，或本《阮集》，或昭明刪之，斯其慎矣。然《選》云『晉王』，則又誤『公』為『王』也。」 嘉錫案：《晉書》與《世說》本自不同，當別有所據。程氏以為取諸《世說》，非也。 嘉錫又案：此出《竹林七賢論》，見《書鈔》百三十三，《御覽》七百一十引。

69 劉伶著《酒德頌》，意氣所寄[一]。《名士傳》曰：「伶字伯倫，沛郡人。肆意放蕩，以宇宙為狹。常乘鹿車，攜一壺酒，使人荷鍤隨之，云：『死便掘地以埋。』土木形骸，遨游一世。」[二]《竹林七賢論》曰：「伶處天地間，悠悠蕩蕩，無所用心。嘗與俗士相牾，其人攘袂而起，欲必築之。伶和其色曰：『雞肋豈足以當尊拳！』其人不覺廢然而返。未嘗措意文章，終其世，凡著《酒德頌》一篇而已[三]。其辭曰：『有大人先生者，以天地為一朝，萬朞為須臾，日月為扃牖，八荒為庭衢。行無轍跡，居無室廬，幕天席地，縱意所如。行則操卮執瓢，動則挈榼提壺，唯酒是務，焉知其餘？有貴介公子，縉紳處士，聞吾風聲，議其所以。乃奮袂攘襟，怒目切齒，陳說禮法，是非鋒起。

先生於是方捧罌承糟，銜杯漱醪，奮髯箕踞，枕麴藉糟。無思無慮，其樂陶陶。兀然而醉，慌爾而醒，靜聽不聞雷霆之聲，熟視不見太山之形，不覺寒暑之切肌，利欲之感情。俯觀萬物之擾擾，如江、漢之載浮萍。二豪侍側焉，如蜾蠃之與螟蛉。』」

【校文】

注「以宇宙為狹」：「狹」，沈本作「細」。

注「與俗士相牾」：「牾」，景宋本及沈本俱作「迕」。

注「行无轍迹」：「无」，景宋本作「無」。「轍」，景宋本及沈本俱作「軌」。

注「操巵執瓢」：「瓢」，景宋本及沈本作「瓠」。

注「箕踞」：「箕」，景宋本作「踑」。

注「承糟」：「糟」，景宋本作「槽」。

【箋疏】

〔一〕李慈銘云：「案『意氣所寄』語不完，下有脫文。」伶當作靈。沈濤《交翠軒筆記》四云：「濤案：《文選・酒德頌》五臣《注》引臧榮緒《晉書》：『劉靈字伯倫。』《文苑英華》卷十三皇甫湜《醉賦》：『昔劉靈作《酒德頌》。』彭叔夏《辨證》云：『顏延之《五君詠》：『劉靈善閉關。』《文中子》：『劉靈古之閉關人也。』《語林》：『天生劉靈，以酒為名。』並作靈。而唐太宗《晉書》本傳作伶，故他書通用伶云云。又陸龜蒙《中酒賦》有『諴卓擒靈之伍，我願先登』。卓謂畢卓，靈謂劉靈。李商隱《暇日詩》『誰向劉靈天幕內』，亦作靈，不作伶。蓋伶從令聲，令、靈古字通用。《荀子・彊國篇》：『其在趙者，剨然有苓，而據松柏之塞。』《注》『苓與靈同』。《說文》雨部引《詩》『霝雨其濛』，今《詩》作『零』。虫部引《詩》『螟蠕有子』，今《詩》作『蛉』。漢《吳仲山碑》：『神零有知。』《隸釋》云：『以零為靈。』劉字伯倫，本取伶倫之義，而字假借作靈。後人習見今本《晉書》作伶，遂以作靈為誤，是以不狂為狂耳。《御覽・飲食部》引《世說》：『劉靈縱酒放達。』今本《世說》

作伶。蓋淺人據《晉書》所改。」 嘉錫案：胡氏刻仿宋本《文選》李善《注》於《思舊賦·注》引臧榮緒《晉書》，《五君詠·注》引《竹林名士傳》及臧書，均作靈。惟《酒德頌·注》引臧書，誤作伶。然《文選集注》九十三《酒德頌》下引李善《注》仍作靈，不誤也。《御覽》所引《世說》，見《任誕篇》。以此推之，則凡本書作劉伶者，皆出宋人所改無疑。

〔二〕《文選集注》九十三公孫羅《文選鈔》引臧榮緒《晉書》曰：「劉靈父為太祖大將軍掾，有寵，早亡。靈長六尺，貌甚醜悴，而志氣曠放，以宇宙為狹也。與阮籍、嵇康為友，相遇欣然，怡神解裳。乘鹿車，攜一壺酒，使荷鍤自隨，以為死便埋之。留連於酒中之德，乃著《酒德頌》。」 嘉錫案：此敘事與《名士傳》略同而加詳，錄之以廣佚聞。 《至元嘉禾志》十三：「劉伶墓在嘉興縣西北二十七里。錢氏諱鏐，改呼劉為金。俗因呼為金伶墓。」

〔三〕宋朱弁《風月堂詩話》上曰：「東坡云『詩文豈在多，一頌了伯倫』，是伯倫他文字不見於世矣。予嘗閱《唐史·藝文志》劉伶有文集三卷，則伯倫非無他文章也。但《酒德頌》幸而傳耳。坡之論豈偶然得於落筆之時乎？抑別有所聞乎？」嘉錫案：東坡即本之《世說·注》耳。考《新唐志》並無《劉伶集》，《隋志》《舊唐志》亦未著錄，朱氏之說蓋誤。然《藝文類聚》七引有魏劉伶《北邙客舍詩》，則伶之文章不止一篇。蓋伶平生不措意於文，故無文集行世。而《酒德頌》則盛傳，談者因以為祇此一篇，實不然也。

98 或問顧長康：「君《箏賦》何如嵇康《琴賦》？」顧曰：「不賞者，作後出相遺。深識者，亦以高奇見貴。」《中興書》曰：「愷之博學有才氣，為人遲鈍而自矜尚，為時所笑。」宋明帝《文章志》曰：「桓溫云『顧長康體中

癡黠各半，合而論之，正平平耳。』世云有三絕，畫絕、文絕、癡絕。」《續晉陽秋》曰：「愷之矜伐過實，諸年少因相稱譽，以為戲弄。為散騎常侍，與謝瞻連省，夜於月下長詠，自云得先賢風制，瞻每遙贊之。愷之得此，彌自力忘倦。瞻將眠，語搥腳人令代，愷之不覺有異，遂幾申旦而後止。」

方正第五

15 山公大兒著短帢，車中倚。武帝欲見之，山公不敢辭，問兒，兒不肯行。時論乃云勝山公〔一〕。《晉諸公贊》曰：「山該字伯倫，司徒濤長子也。雄有器識，仕至左衛將軍。」

【校文】

注「雄有器識」：「雄」，景宋本及沈本作「雅」。

【箋疏】

〔一〕李慈銘云：「案《晉書·山濤傳》以為『濤第三子允，少尪病，形甚短小。武帝欲見之，濤不敢辭，以問允，允自以尪陋不肯行，濤以為勝己。』與此互異。」嘉錫案：《晉書·濤傳》：「濤五子：該、淳、允、謨、簡。」此稱山公大兒，自是該事。詳其文義，該所以不肯行者，即因著帢之故，別無餘事。《御覽》三百七十八引臧榮緒《晉書》曰：「山濤子淳、元尪疾不仕，世祖聞其短小而聰敏，欲見之。濤面答：『淳、元自謂形容宜絕人事，不肯受詔。』論者奇之。」元蓋允之誤。其說與《世說》不同，或者各為一事也。而唐修《晉書》兼採兩說，合為一事，曰「淳、允並少尪病，形甚短小，而聰敏過人。武帝聞而欲見之。濤不敢辭，以問於允，允自以尪陋不肯行，濤以為勝己。」其文左右採獲，使兩書所載皆失其真，可謂大誤。程炎震云：「《晉書·輿服志》：『成帝咸和九年制：聽尚書八座丞郎門下三省侍官乘車，白帢低幃，出入掖門。又二宮直官著烏紗帢。』則前此者，王人雖宴居著帢，不得以見天子。故山該不肯行耳。」

2 嵇中散臨刑東市〔一〕，神氣不變。索琴彈之，奏《廣陵散》。曲終曰：「袁孝尼嘗請學此散〔二〕，吾靳固不與，《廣陵散》於今絕矣！」〔三〕《晉陽秋》曰：「初，康與東平呂安親善。安嫡兄遜淫安妻徐氏，安欲告遜遣妻，以咨於康，康喻而抑之〔四〕。遜內不自安，陰告安撾母，表求徙邊。安當徙，訴自理，辭引康。」〔五〕《文士傳》曰：「呂安罹事，康詣獄以明之。鍾會庭論康〔六〕，曰：『今皇道開明，四海風靡，邊鄙無詭隨之民，街巷無異口之議。而康上不臣天子，下不事王侯，輕時傲世，不為物用，無益於今，有敗於俗。昔太公誅華士，孔子戮少正卯，以其負才亂羣惑眾也。今不誅康，無以清潔王道。』於是錄康閉獄，臨死，而兄弟親族咸與共別。康顏色不變，問其兄曰：『向以琴來不邪？』兄曰：『以來。』康取調之，為《太平引》，曲成，歎曰：『《太平引》於今絕也！』」太學生三千人上書，請以為師，不許。文王亦尋悔焉。王隱《晉書》曰：「康之下獄，太學生數千人請之，于時豪俊皆隨康入獄，悉解喻，一時散遣。康竟與安同誅。」

【校文】

注「不與」：景宋本及沈本俱作「未與」。

注「清潔」：景宋本及沈本作「清絜」。

【箋疏】

〔一〕程炎震云：「《水經注·穀水》篇：『水南即馬市。洛陽有三市，斯其一也。亦嵇叔夜為司馬昭所害處也。』朱箋引陸機《洛陽記》曰：『洛陽舊有三市：一曰金市，在宮西大城內。二曰馬市，在城東。三曰羊市，在城南。』《洛陽伽藍記》二曰：「出建春門外一里餘，至東石橋，南北而行。晉太康元年造橋，南有魏

朝時馬市，刑嵇康之所也。」嘉錫案：據楊衒之自序「洛陽城東面第一門曰建春門，漢曰上東門」。然則馬市一名東市者，以其在東門外耳。

〔二〕《魏志‧袁渙傳‧注》云：「袁氏《世紀》曰：『準字孝尼，著書數十萬言，論治《五經》滯義，聖人之微言，以傳於世。』苟綽《九州記》稱『準有儁才，泰始中為給事中』。」

〔三〕唐無名氏《文選集注》八十五趙景真《與嵇茂齊書‧注》引公孫羅《文選鈔》曰：「干寶《晉紀》云：『呂安與康相善，安兄巽。康有隱遁之志，不能披褐懷玉寶，矜才而上人。安妻美，巽使婦人醉而幸之。醜惡發露，巽病之，反告安謗己。巽善鍾會，有寵於太祖，遂徙安邊郡。安還書與康，其中云：「顧影中原，憤氣雲踊。哀物悼世，激情風厲。龍嘯大野，虎睇六合。猛志紛紜，雄心四據。思躡雲梯，橫奮八極。披艱掃難，蕩海夷嶽。蹴崑崙使西倒，蹋太山令東覆。平滌九區，恢維宇宙。斯吾之鄙願也。豈能與吾同大丈夫之憂樂哉？」太祖惡之，追收下獄。康理之，俱死。』又《嵇紹集》云：『此書趙景真與從兄嵇茂齊書，時人誤以為呂仲悌與先君書，故具列其本末。』尋其至實，則干寶說呂安書為實，何者？嵇康之死，實為呂安事相連。呂安不為此書言太壯，何為至死？當死之時，人即稱為此書而死。嵇紹晚始成人，惡其父與呂安為黨，故作此說以拒之。若說是景真為書，景真孝子，必不肯為不忠之言也。又景真為遼東從事，於理何苦而云：『憤氣雲踊，哀物悼世』乎？實是呂安見枉，非理徙邊之言也。但為此言，與康相知，所以得使鍾會構成其罪。若真為殺安（二字有誤）遣妻，引康為證，未足以加刑也。干寶見紹之非，故於修史，陳其正義。今《文選》所撰，以為親不過子，故從紹言以書之，其實非也。」《文選‧五君詠‧注》引顧愷之《嵇康讚》曰：「南海太守鮑靚，通靈士也，東海徐寧師之。寧夜聞靚室有琴聲，怪其

妙而問焉。靚曰：『嵇叔夜。』寧曰：『嵇臨命東市，何得在茲？』靚曰：『叔夜迹示終，而實尸解。』」《廣記》三百十七引《靈鬼志》曰：「嵇康燈下彈琴，忽有一人長丈餘，著黑單衣革帶，熟視之。乃吹火滅之，曰：『恥與魑魅爭光。』嘗行，去路數十里，有亭名月華。投此亭，由來殺人。中散心神蕭散，了無懼意。至一更，操琴先作諸弄，雅聲逸奏，空中稱善。中散撫琴而呼之：『君是何人？』答云：『身是故人，幽沒於此。聞君彈琴，音曲清和，昔所好，故來聽耳。身不幸非理就終，形體殘毀，不宜接見君子，然愛君之琴，要當相見，君勿怪惡之。君可更作數曲。』中散復為撫琴擊節曰：『夜已久，何不來也？形骸之間，復何足計？』乃手挈其頭曰：『聞君奏琴，不覺心開神悟，怳若暫生。』遂與共論音聲之趣，辭甚清辯，謂中散曰：『君試以琴見與。』乃彈《廣陵散》，便從受之，果悉得。中散先所受引，殊不及。與中散誓：不得教人。天明語中散：『相與雖一遇於今夕，可以遠同千載。於此長絕，不能悵然。』」《御覽》五百七十九引作《靈異志》，無「恥與魑魅爭光」事。「去路」作「去洛」，「月華」作「華陽」，與《晉書》本傳合。餘亦互有異同。《廣記》三百二十四又引《幽明錄》曰：「會稽賀思令善彈琴，嘗夜在月中坐，臨風撫奏。忽有一人形器甚偉，著械，有慘色，至其中庭。稱善，便與共語。自云是嵇中散，謂賀云：『卿下手極快，但於古法未合。』因授以《廣陵散》。賀因得之，於今不絕。」《御覽》五百七十九引作《世說》，蓋誤也。嘉錫案：《廣陵散》異聞甚多。《靈鬼志》見《隋志》，題荀氏撰。《廣記》三百二十二引其書「蠻兵」條，自言義熙初為南平國郎中，當是晉、宋間人。《幽明錄》即臨川王義慶所撰，去嵇康之死皆不過百數十年，而其所載《廣陵散》之源流率恍惚如此。然《文選》十八嵇叔夜《琴賦》曰：「若次其曲引所宜，則《廣陵》《止息》，《東武》《太山》，

95

《飛龍》《鹿鳴》，《鵾雞》遊絃。更唱迭奏，聲若自然。」李善《注》云：「《廣陵》等曲，今並猶存。未詳所起。應璩與劉孔才書曰：聽《廣陵》之清散。傅玄《琴賦》曰：馬融譚思於《止息》。」然引應及傅者，明古有此曲，轉以相證耳。非嵇康之言，出於此也。《文選》同卷又載潘安仁《笙賦》曰：「輟張女之哀彈，流《廣陵》之名散。」由斯以談，則《廣陵散》乃古之名曲，彈之者不一其人，非嵇康之所獨得。康死之後，其曲仍流傳不輟，未嘗因康死而便至絕響也。《世說》及《魏志·注》所引《康別傳》，載康臨終之言，蓋康自以為妙絕時人，不同凡響，平生過自珍貴，不肯教人。及將死之時，遂發此歎，以為從此以後，無復能繼己者耳。後人耳食相傳，誤以為能彈此曲者，惟叔夜一人。遂轉相傳會，造此言語，謂其初為古之靈鬼所授，其後為嵇之精魂所傳。信若斯言，則《魏志·王粲傳·注》引《文章敍錄》，應璩以嘉平四年卒，《通鑑》七十八書嵇康以景元三年卒，相去不過十年，正同時之人。璩所謂聽《廣陵》之清散者，豈康為之鼓撫耶？抑靈鬼先出教之操弄耶？潘岳之死，《通鑑》八十三繫之永康元年，距康被害已三十八年，《廣陵散》當已久絕。而云「流《廣陵》之名散」，豈康死後數數顯靈耶？讀李善《注》古有此曲，今並猶存之語，知一切誌怪之書，皆非實錄，無稽之談，本不足辯。以欲明《世說》所載，不過康時感歎之言，《廣陵散》實未嘗絕，故不免詞費如此。其餘一切記載，如謂《廣陵散》為嵇叔夜所作及袁孝尼所傳者，皆不可信。具詳《輔仁學誌》五卷戴生明揚《廣陵散考》中，此不復論。

〔四〕《嵇中散集》二《與呂悌絕交書》曰：「昔與足下年時相比，以故數面相親。足下篤意，遂成大好。及中間知阿都志力開悟，每喜足下家復有此弟。而阿都去年向吾有言，誠忿足下，意欲發舉，吾深抑之。亦自恃足下不足迫之，故從吾言。間令足下因其順親，蓋惜

足下門戶，欲令彼此無恙也。又足下許吾終不繫都，以子父六人為誓，吾乃慨然感足下。重言慰都，都遂釋然，不復興意。足下陰自阻疑，密表繫都。先首服誣都。此為都故信吾，又無言。何意足下苞藏禍心耶！都之含忍足下，實由吾言。令都獲罪，吾為負之。吾之負都，由足下之負吾也。悵然失圖，復何言哉？若此，無心復與足下交矣。古之君子絕交，不出醜言。從此別矣，臨別恨恨。嵇康白。」嘉錫案：呂巽字長悌，見《魏志·杜畿傳·注》。阿都蓋呂安小字。中散調停呂氏兄弟間之曲折，俱見於此書。據其所言，巽先密表繫安，旋復自承誣告，後乃別以陰謀陷害也。至云「令都獲罪，吾為負之」。可見安先定罪徙邊，後乃見殺，與干寶之言合。嚮使安入獄即死，則中散亦已繫獄，豈尚從容與巽絕交哉？

〔五〕嘉錫案：叔夜之死，《晉書》本傳及《魏志·王粲傳·注》引《魏氏春秋》，《文選·恨賦·注》引臧榮緒《晉書》，併孝標此《注》所引《晉陽秋》《文士傳》，均言呂安被兄誣告，引康為證見誅，不言安嘗徙邊及與康書事。惟《文選·思舊賦·注》亦引干寶《晉書》，與公孫羅所引略同。然李善於此無所考辨，羅獨明干寶之是，證嵇紹之非，其言甚核。五臣李周翰《注》，亦謂紹之《家集》未足可據。然則叔夜之死，實因呂安一書，牽連受禍，非僅因證安被誣事也。是亦讀史者所當知矣。《文選集注》又引陸善經《注》，以為詳其書意，自「吾子植根芳苑」已下，則非與康明矣。陸氏之意，蓋謂呂安與康至善，不應詆康也。余謂叔夜下獄之後，作《幽憤詩》亦云：「曰余不敏，好善闇人。」似有悔與安交之意。當時情事如何，固非吾輩所瞭。惟使呂安下獄即死，無徙邊之事，則景真書中明云「經迥路，涉沙漠」，所言皆邊塞之景。安既未至其地，時人惡得誤以為安作也？且嵇紹欲辨明此書非呂仲悌與其父者，只須曰「仲悌未嘗至邊郡，書中情景皆不合」，數語足矣。何用屑屑敘趙景

真之本末哉？惟其呂安實嘗徙邊，雖紹亦不敢言無此事，始詳敘趙景真之本末，明其嘗至遼東，以證此書之為景真作也。夫呂安既已徙邊，又追回下獄，與叔夜俱死，則二人之死，不獨因呂巽之誣亦明矣。嵇紹欲為晉忠臣，不欲其父不忠於晉，使人謂彼為罪人之子，故有此辯。其實不忠於晉者，未必非忠於魏也。紹敘趙景真事，見《言語篇·注》。

〔六〕嘉錫案：鍾會銜康不為之禮，遂因而譖康。事見本書《簡傲篇》及《魏志·王粲傳·注》。《鍾會本傳》亦曰：「遷司隸校尉，雖在外司，時政損益，當世與奪，無不綜與。嵇康等見誅，皆會謀也。」蓋會時以司隸治呂安之獄，故得庭論康。

4 王戎七歲，嘗與諸小兒遊。看道邊李樹多子折枝。諸兒競走取之，唯戎不動。人問之，答曰：「樹在道邊而多子，此必苦李。」取之，信然。《名士傳》曰：「戎由是幼有神理之稱也。」

5 魏明帝於宣武場上斷虎爪牙，縱百姓觀之[一]。王戎七歲[二]，亦往看。虎承間攀欄而吼，其聲震地，觀者無不辟易顛仆。戎湛然不動，了無恐色。《竹林七賢論》曰：「明帝自閣上望見，使人問戎姓名而異之。」

【箋疏】

〔一〕《水經》十六穀水《注》引《竹林七賢論》曰：「王戎幼而清秀。魏明帝於宣武場上為欄苞虎阱，使力士袒褐，迭與之搏，縱百姓觀之。」

〔二〕程炎震云：「《晉書·戎傳》云『惠帝永興二年卒，年七十二』，則七歲是齊王芳正始二年。此云明帝，誤矣。」

4 晉武帝講武於宣武場，帝欲偃武修文，親自臨幸〔一〕，悉召羣臣。山公謂不宜爾，因與諸尚書言孫、吳用兵本意。遂究論，舉坐無不咨嗟。皆曰：「山少傅乃天下名言。」〔二〕《史記》曰：「孫武，齊人。吳起，衛人。並善兵法。」《竹林七賢論》曰：「咸寧中，吳既平，上將為桃林、華山之事，息役弭兵，示天下以大安。於是州郡悉去兵，大郡置武吏百人，小郡五十人。時京師猶講武，山濤因論孫、吳用兵本意。濤為人常簡默，蓋以為國者不可以忘戰，故及之。」《名士傳》曰：「濤居魏、晉之閒，無所標明，〔三〕嘗與尚書盧欽言用兵本意。武帝聞之，曰：『山少傅名言也。』」〔四〕後諸王驕汰，輕遘禍難，於是寇盜處處蟻合，郡國多以無備，不能制服，遂漸熾盛，皆如公言。時人以謂山濤不學孫、吳，而闇與之理會。王夷甫亦歎云：「公闇與道合。」《竹林七賢論》曰：「永寧之後，諸王構禍，狡虜欻起，皆如濤言。」《名士傳》曰：「王夷甫推歎濤『晻晻為與道合，其深不可測』。皆此類也。」

【校文】

注「無所標明」：「明」，景宋本及沈本作「名」。

【箋疏】

〔一〕程炎震云：「《武紀》：泰始十年、咸寧元年、三年十一月，數臨宣武觀大閱。」

〔二〕程炎震云：「《濤傳》：『咸寧初，轉太子少傅，舉盧欽論用兵之本，以為不宜去州郡武備。』《武紀》：『咸寧四年三月，尚書左僕射盧欽卒，山濤代之。』」

〔三〕宋本《賞譽篇·注》引顧愷之《畫贊》曰：「濤無所標名。」

〔四〕吳士鑑《晉書·山濤傳》注曰：「案《武帝紀》：帝臨

宣武觀大閱事，在咸寧三年。尚在平吳之前。《七賢論》誤謂『吳既平』也。盧欽卒於咸寧四年，亦不逮平吳之後。《世說》謂『舉坐以為名言』，與本傳及《名士傳》作武帝之言亦異。」

5 鍾士季目王安豐「阿戎了了解人意」。王隱《晉書》曰：「戎少清明曉悟。」謂「裴公之談，經日不竭」。裴頠已見。

吏部郎闕〔一〕，文帝問其人於鍾會。會曰：「裴楷清通，王戎簡要，皆其選也。」於是用裴。按諸書皆云：鍾會薦裴楷、王戎於晉文王，文王辟以為掾，不聞為吏部郎〔二〕。

【箋疏】

〔一〕嘉錫案：吏部郎以下當別為一條。吏部郎以下出王隱《晉書》，見《御覽》四百四十五。

〔二〕程炎震云：「《文選》五十八《褚淵碑·注》引臧榮緒《晉書》，與《世說》同。今《晉書·楷傳》則又轉據臧書。孝標此駁，蓋以楷辟掾有年，則為吏部郎時，無假鍾會再薦，非謂楷不為吏部郎也。」　嘉錫案：孝標謂諸書並無此事。臧榮緒書雖有之，或因榮緒齊人，後出之書不足為據。然《御覽》四百四十五引王隱《晉書》，亦與《世說》同，僅少「於是用裴」四字，頗疑孝標失檢。及細考之《御覽》，此卷所引王書自「衛玠妻父」以下凡十條，並與今《晉書》一字不異。蓋其間必有一條，本引「《晉書》曰」，誤作「又曰」，於是諸條並蒙上文為王隱《晉書》矣。證以此注，尤為明白。使其事果先見王書，孝標必不束書不觀，妄發此言也。

8 裴令公目夏侯太初：「蕭蕭如入廊廟中，不修敬而人自敬。」《禮記》曰：「周豐謂魯哀公曰：『宗廟社稷之中，未施敬而民自敬。』」一曰：「如入宗廟，琅琅但見禮樂器。見鍾士季，如觀武庫，但覩矛戟。見傅蘭碩，江廧靡所不有〔一〕。見山巨源，如登山臨下，幽然深遠。」〔二〕玄、會、嘏、濤，並已見上。

【校文】

注「江廬」:「江」,景宋本作「汪」。

【箋疏】

〔一〕李慈銘云:「案江當作汪。《晉書·裴楷傳》作『傅嘏
汪翔靡所不見』。汪翔即汪洋,言其廣大也。廬、翔
同音通借字。」劉盼遂曰:「《晉書·裴楷傳》作『傅嘏
汪翔,靡所不見』。汪廬與汪翔同,通作汪洋。」

〔二〕嘉錫案:此出王隱《晉書》,見《御覽》四百四十五。

10 王戎目山巨源:「如璞玉渾金,人皆欽其寶,莫
知名其器。」顧愷之《畫贊》曰:「濤無所標明,淳深淵默,
人莫見其際,而其器亦入道。故見者莫能稱謂,而服其偉量。」

【校文】

注「標明」:「明」,景宋本作「名」。

注「而其器亦入道」:「其器」,景宋本及沈本作「囂然」。

12 山公舉阮咸為吏部郎,目曰:「清真寡欲,萬物
不能移也。」《名士傳》曰:「咸字仲容,陳留人,籍兄子也。
任達不拘,當世皆怪其所為。及與之處,少嗜欲,哀樂至到,過
絕於人,然後皆忘其向議。為散騎侍郎。山濤舉為吏部,武帝不
用〔一〕。太原郭奕見之心醉,不覺歎服。解音,好酒以卒。」山濤
《啟事》曰:「吏部郎史曜出,處缺當選。濤薦咸曰:『真素寡欲,
深識清濁,萬物不能移也。若在官人之職,必妙絕於時。』詔用
陸亮。」《晉陽秋》曰:「咸行已多違禮度。濤舉以為吏部郎,世
祖不許。」《竹林七賢論》曰:「山濤之舉阮咸,固知上不能用,
蓋惜曠世之儁,莫識其真故耳。夫以咸之所犯,方外之意,稱其
清真寡欲,則迹外之意自見耳。」

注「莫識其真」「真」：，景宋本作「意」。
【箋疏】
〔一〕《文選》顏延年《五君詠·注》引曹嘉之《晉紀》曰：
　　「山濤舉咸為吏部郎，三上，武帝不能用也。」

21 人問王夷甫：「山巨源義理何如？是誰輩？」
王曰：「此人初不肯以談自居，然不讀《老》、
《莊》，時聞其詠，往往與其旨合。」顧愷之《畫贊》
曰：「濤有而不恃。」皆此類也。

24 王太尉曰：「見裴令公精明朗然，籠蓋人上，非
凡識也。若死而可作，當與之同歸。」或云王戎語
〔一〕。《禮記》曰：「趙文子與叔譽觀於九原，文子曰：『死者如可
作也，吾誰與歸？』」鄭玄曰：「作，起也。」

【箋疏】
〔一〕程炎震云：「楷為中書令時，衍為黃門郎，故稱為令
　　公。若王戎則為尚書僕射，名位相當矣。云衍語為
　　是。」

29 林下諸賢〔一〕，各有儁才子。籍子渾，器量弘曠。
《世語》曰：「渾字長成，清虛寡欲，位至太子中庶子。」康子
紹，清遠雅正。已見。濤子簡，疏通高素。虞預《晉
書》曰：「簡字季倫，平雅有父風。與嵇紹、劉漠等齊名〔二〕。遷
尚書，出為征南將軍。」咸子瞻，虛夷有遠志。瞻弟
孚，爽朗多所遺。《名士傳》曰：「瞻字千里，夷任而少嗜

欲，不修名行，自得於懷。讀書不甚研求，而識其要。仕至太子舍人。年三十卒。」《中興書》曰：「孚風韻疎誕，少有門風。初為安東參軍，蓬髮飲酒，不以王務嬰心。」秀子純、悌，並令淑有清流。《竹林七賢論》曰：「純字長悌，位至侍中。悌字叔遜⁽三⁾，位至御史中丞。」《晉諸公贊》曰：「洛陽敗，純、悌出奔，為賊所害。」戎子萬子，有大成之風，苗而不秀。《晉諸公贊》曰：「王綏字萬子，辟太尉掾，不就。年十九卒。」《晉書》曰：「戎子萬，有美號而太肥，戎令食糠，而肥愈甚也。」惟伶子無聞。凡此諸子，惟瞻為冠，紹、簡亦見重當世。

【箋疏】
〔一〕程炎震云：「林謂竹林也，解見《任誕篇》。」
〔二〕程炎震云：「漠即沖嘏，今《晉書·簡傳》誤作謨。」
　　　嘉錫案：劉漠見上「洛中三嘏」條。
〔三〕嘉錫案：晉人最重家諱，弟名悌，而兄字長悌，絕不為弟子孫地，似非人情，恐有誤字。

31 簡文云：「何平叔巧累於理，嵇叔夜儁傷其道。」
理本真率，巧則乖其致；道唯虛澹，儁則違其宗。所以二子不免
也。

44 劉尹、王長史同坐，長史酒酣起舞。劉尹曰：
「阿奴今日不復減向子期。」類秀之任率也。

67 郗嘉賓問謝太傅曰：「林公談何如嵇公？」謝云：
「嵇公勤著腳，裁可得去耳。」〔一〕《支遁傳》曰：「遁神
悟機發，風期所得，自然超邁也。」又問：「殷何如支？」
謝曰：「正爾有超拔，支乃過殷。然亹亹論辯，恐
□欲制支。」〔二〕

【箋疏】

〔一〕嘉錫案：《高僧傳》四曰：「郗超問謝安：『林公談何如
　　嵇中散？』安曰：『嵇努力裁得去耳。』」此云「勤著
　　腳」，蓋謂嵇須努力向前，方可及支。

〔二〕嘉錫案：本篇載安答王子敬語，以為支遁不如庾亮。
　　又答王孝伯，謂支併不如王濛、劉惔。今乃謂中散努
　　力，才得及支；而殷浩卻能制支，是中散之不如庾亮
　　輩也。乃在層累之下也。夫庾、殷庸才，王仲祖亦談
　　客耳，詎足上擬嵇公？劉真長雖有才識，恐亦非嵇之
　　比。支遁緇流，又不足論。安石褒貶，抑何不平？雖
　　所評專指清談，非論人品，然安石之去中散遠矣！何
　　從親接謦欬，而遽裁量其高下耶？此必流傳之誤，理
　　不可信。程炎震云：「《高僧傳》云：『恐殷制支』此處
　　□必是殷字，宋初諱殷，後來未及填寫耳。」

容止第十四

5 嵇康身長七尺八寸，風姿特秀。《康別傳》曰：「康長七尺八寸，偉容色，土木形骸〔一〕，不加飾厲，而龍章鳳姿，天質自然。正爾在羣形之中，便自知非常之器。」見者歎曰：「蕭蕭肅肅，爽朗清舉。」或云：「蕭蕭如松下風，高而徐引。」山公曰：「嵇叔夜之為人也，巖巖若孤松之獨立；其醉也，傀俄若玉山之將崩。」

【箋疏】

〔一〕《文選·五君詠·注》引《嵇康別傳》曰：「康美音氣，好容色。」「土木形骸」，解見後。

6 裴令公目王安豐「眼爛爛如巖下電」〔一〕。王戎形狀短小，而目甚清炤，視日不眩〔二〕。

【箋疏】

〔一〕李慈銘云：「案下裴令公疾，夷甫謂其『雙目閃閃，若巖下電』，此云裴以稱王戎。臨川雜采諸書，故有重互。」

〔二〕程炎震云：「《藝文類聚》十七引《竹林七賢論》云：『王戎眸子洞徹，視日而眼明不虧。』」

11 有人語王戎曰：「嵇延祖卓卓如野鶴之在雞羣。」〔一〕答曰：「君未見其父耳！」康已見上。

【箋疏】

〔一〕程炎震云：「《晉書·紹傳》云：起家為秘書丞，始入洛。」

13 劉伶身長六尺，貌甚醜顇〔一〕，而悠悠忽忽，土木形骸〔二〕。梁祚《魏國統》曰：「劉伶，字伯倫，形貌醜陋，身長

六尺；然肆意放蕩，悠焉獨暢。自得一時，常以宇宙為狹。」

【校文】

注「顇」：景宋本作「悴」。

【箋疏】

〔一〕《文選集注》九十三《酒德頌・注》引臧榮緒《晉書》
　　曰：「劉靈父為太祖大將軍掾，有寵，早亡。靈長六
　　尺，貌甚醜悴，而志氣曠放，以宇宙為挾也。」悴不
　　作顇，與宋本合。

〔二〕《漢書・東方朔傳》曰：「土木衣綺繡，狗馬被續罽。」
　　《類聚》二十四引應璩《百一詩》曰：「奈何季世人，
　　侈靡及宮牆。飾巧無窮極，土木被朱光。」 嘉錫案：
　　此皆言土木之質，不宜被以華采也。土木形骸者，謂
　　亂頭麤服，不加修飾，視其形骸，如土木然。

傷逝第十七

2 王濬沖為尚書令，著公服，乘軺車，經黃公酒壚下過，韋昭《漢書注》曰：「壚，酒肆也。以土為堕，四邊高似壚也。」顧謂後車客：「吾昔與嵇叔夜、阮嗣宗共酣飲於此壚，竹林之遊，亦預其末。自嵇生夭、阮公亡以來，便為時所羈紲。今日視此雖近，邈若山河。」〔一〕《竹林七賢論》曰：「俗傳若此。潁川庾爰之嘗以問其伯文康，文康云：『中朝所不聞，江左忽有此論，皆好事者為之也。』」

【箋疏】

〔一〕程炎震云：「王戎為尚書令，在惠帝永寧二年，去嵇、阮之亡，且四十年矣。此語殊闊於世情。《晉書》取此而不云為尚書令時，蓋亦知戴逵之說而不能割愛也。」 嘉錫案：此事蓋出裴啟《語林》。《輕詆篇·注》引《續晉陽秋》曰：「晉隆和中，河東裴啟撰《語林》，時人多好其事，文遂流行。後說太傅事不實，而有人於謝坐敘其黃公酒壚，司徒王珣為之賦。謝公加以與王不平，乃云：『君遂復作裴郎學。』自是眾咸鄙其事矣。」可與此注所引《七賢論》互證。臨川既載謝安語入《輕詆》，而仍敘黃公酒壚於此，其不能割愛，與《晉書》同。又案：《淮南·覽冥訓》云：「考其功烈，上際九天，下契黃壚。」注云：「黃泉下壚土也。」《文選》曹子建《責躬詩》云：「昊天罔極，生命不圖。嘗懼顛沛，抱罪黃壚。」《魏志·王粲傳·注》引《吳質別傳》曰：「文帝崩，質思慕作詩曰：『何意中見棄，棄我歸黃壚。』」然則黃壚所以喻人死後歸土，猶之九京黃泉之類也。此疑王戎追念嵇、阮云亡，生死永隔，故有黃壚之歎。傳者不解其義，遂附會為黃公酒壚耳。

4 王戎喪兒萬子〔一〕，山簡往省之，王悲不自勝。簡曰：「孩抱中物，何至於此？」王曰：「聖人忘情，最下不及情；情之所鍾，正在我輩。」王隱《晉書》曰：「戎子綏，欲取裴遁女。綏既蚤亡，戎過傷痛，不許人求之，遂至老無敢取者。」簡服其言，更為之慟。一說是王夷甫喪子，山簡弔之〔二〕。

【箋疏】

〔一〕《賞譽篇·注》引《晉諸公贊》曰：「王綏字萬子，年十九卒。」

〔二〕程炎震云：「《晉書·王衍傳》取此，云衍嘗喪幼子。蓋以萬年十九卒，不得云孩抱中物也。」 嘉錫案：今《晉書·王衍傳》作「衍嘗喪幼子，山簡弔之」。即注所載一說也。吳士鑑注曰：「王戎喪子，年已十九，不得云孩抱中物。《世說》誤衍作戎，合為一事。注引王綏事以實之，亦誤也。」

棲逸第十八

1 阮步兵嘯，聞數百步。蘇門山中，忽有真人，樵伐者咸共傳說。阮籍往觀，見其人擁膝巖側。籍登嶺就之，箕踞相對。籍商略終古，上陳黃、農玄寂之道，下考三代盛德之美，以問之，仡然不應。復敘有為之教，棲神導氣之術以觀之，彼猶如前，凝矚不轉。籍因對之長嘯。良久，乃笑曰：「可更作。」籍復嘯。意盡，退，還半嶺許，聞上㕭然有聲，如數部鼓吹，林谷傳響。顧看，迺向人嘯也〔一〕。《魏氏春秋》曰：「阮籍常率意獨駕，不由徑路，車跡所窮，輒慟哭而反。嘗遊蘇門山，有隱者莫知姓名〔二〕，有竹實數斛，杵臼而已。籍聞而從之，談太古無為之道，論五帝三王之義，蘇門先生翛然曾不眄之。籍乃嘐然長嘯，韻響寥亮。蘇門先生乃逌爾而笑。籍既降，先生喟然高嘯，有如鳳音。籍素知音，乃假蘇門先生之論以寄所懷〔三〕。其歌曰：『日沒不周西，月出丹淵中。陽精晦不見，陰光代為雄。亭亭在須臾，厭厭將復隆。富貴俛仰間，貧賤何必終。』」〔四〕《竹林七賢論》曰：「籍歸，遂著《大人先生論》〔五〕，所言皆胸懷間本趣，大意謂先生與己不異也。觀其長嘯相和，亦近乎目擊道存矣。」

【校文】
注「三王之義」：「王」，景宋本及沈本作「皇」。
【箋疏】
〔一〕嘉錫案：此出戴逵《竹林七賢論》，見《類聚》
　　　十九、《御覽》三百九十二引，較《世說》稍略。
〔二〕《文選集注》四十二引公孫羅《文選鈔》曰：「隱有三
　　　種：一者求於道術，絕棄喧囂，以居山林。二者無被
　　　徵召，廢於業行，真隱人。三者求名譽，詐在山林，

望大官職，召即出仕，非隱人也，徼名而已。」

〔三〕《御覽》五百十引袁淑《真隱傳》曰：「蘇門先生嘗
　　行，見採薪於皋者。先生嘆曰：『汝將以是終乎？哀
　　哉！』薪者曰：『以是終者，我也；不以是終者，我
　　也。且聖人無懷，何其為哀？聖人以道德為心，不以
　　富貴為志。』因歌二章，莫知所終。」　嘉錫案：袁淑
　　所言，略本之阮籍《大人先生傳》。然此特籍之寓言
　　耳，未必真有是採薪者，乃能與先生相應答也。

〔四〕嘉錫案：此歌即《大人先生傳》中採薪者所歌二章之
　　一。

〔五〕《阮嗣宗集·大人先生傳》云：「大人先生，蓋老人也，
　　不知姓字。陳天地之始，言神農、黃帝之事昭然也。
　　莫知其生年之數，嘗居蘇門之山，故世咸謂之閒。養
　　性延壽，與自然齊光。其視堯、舜之所事，若手中
　　耳。先生以為中區之在天下，曾不若蠅蚊之著帷，故
　　終不以為事，而極意乎異方奇域。遊覽觀樂，非世所
　　見，徘徊無所終極，遺其書於蘇門之山而去，天下莫
　　知其所如往也。」

2 嵇康遊於汲郡山中，遇道士孫登，遂與之遊。康
臨去，登曰：「君才則高矣，保身之道不足。」《康集
序》曰：「孫登者，不知何許人。無家，於汲郡北山土窟住。夏
則編草為裳，冬則被髮自覆。好讀《易》，鼓一絃琴，見者皆親
樂之。」《魏氏春秋》曰：「登性無喜怒，或沒諸水，出而觀之，
登復大笑。時時出入人間，所經家設衣食者，一無所辭，去皆舍
去。」《文士傳》曰：「嘉平中，汲縣民共入山中，見一人，所居
懸巖百仞，叢林鬱茂，而神明甚察。自云『孫姓，登名，字公
和』。康聞，乃從遊三年。問其所圖，終不答。然神謀所存良
妙，康每薾然歎息。將別，謂曰：『先生竟無言乎？』登乃曰：

『子識火乎？生而有光，而不用其光，果然在於用光。人生有才，而不用其才，果然在於用才。故用光在乎得薪，所以保其曜；用才在乎識物，所以全其年。今子才多識寡，難乎免於今之世矣！子無多求！』康不能用。及遭呂安事，在獄為詩自責云：『昔慚下惠，今愧孫登！』王隱《晉書》曰：「孫登即阮籍所見者也。嵇康執弟子禮而師焉。魏、晉去就，易生嫌疑，貴賤並沒，故登或默也。」〔一〕

【箋疏】

〔一〕李慈銘云：「案《水經·洛水篇·注》曰：『臧榮緒《晉書》稱：孫登嘗經宜陽山，作炭人見之，與語，登不應。作炭者覺其精神非常，咸共傳說。太祖聞之，使阮籍往觀，與語，亦不應。籍因大嘯。登笑曰：「復作向聲。」又為嘯。求與俱出，登不肯，籍因別去。登上峰，行且嘯，如《簫韶》笙簧之音，聲振山谷。籍怪而問作炭人，作炭人曰：「故是向人聲。」籍更求之，不知所止。推問久之，乃知姓名。余按孫綽敘《高士傳》言在蘇門山。又別作《登傳》。孫盛《魏氏春秋》亦言在蘇門山，又不列姓名。阮嗣宗感著《大人先生論》，言「吾不知其人。既神游自得，不與物交」。阮氏尚不能動其英操，復不識何人而能得其姓名。』案酈氏之論甚覈。蘇門長嘯者與汲郡山中孫登，自是二人。王隱蓋以時地相同，牽而合之。榮緒推問二語，即承隱《書》而附會。唐修《晉書》復沿臧說，不足信也。」 嘉錫案：葛洪《神仙傳》六《孫登傳》敘事與《嵇康集序》及《文士傳》略同，只多太傅楊駿遺以布袍，登以刀斫碎，及登死，駿給棺埋之，而登復活二事。並無一字及於阮籍者。蓋洪為西晉末人，去登時不遠，故其書雖怪誕，猶能知登與蘇門先生之為二人也。《水經·清水注》云：「百門陂方五百步，在共縣故城西，即共和之故國也。共伯

既歸帝政，逍遙於共山之上。山在國北，所謂共北山也，仙者孫登之所處。袁彥伯《竹林七賢傳》：『嵇叔夜嘗採藥山澤，遇之於山，冬以被髮自覆，夏則編草為裳，彈一絃琴，而五聲和。』《御覽》五百二引王隱《晉書》曰：「魏末有孫登，字公和，汲郡人。無家屬，時人於汲郡北山上土窟中得之。夏則編草為裳，冬則被髮覆面，對人無言。好讀《易》，鼓琴。初，宜陽山中作炭者忽見有人不語，精神不似常人。帝使阮籍往視，與語，亦不應。籍因大嘯，野人乃笑曰：『爾復作向聲。』籍又為嘯。籍將求出，野人不聽而去。登山並嘯，如《簫韶》笙簧之音，聲震山谷。而還問，炭人曰：『故是向人耳。』尋知求（此句中有脫誤），不知所止。推問久之，乃知姓名。」 嘉錫案：《大人先生傳》及《魏氏春秋》並言蘇門先生，不知姓名，而王隱以為即嵇康所師事之孫登，與嵇、阮本集皆不合，顯出附會。劉孝標引以為注，失於考覈矣。今試以王隱之言與《水經注》所引臧榮緒《書》互較，知榮緒所述，全出於隱，並「推問久之」二句，亦隱之原文。如此，榮緒直錄之耳。李莼客以為榮緒即承隱《書》而附會，非也。《魏志·王粲傳·注》引《魏氏春秋》曰：「初，康採藥於汲郡共北山中，見隱者孫登。康欲與之言，登默然不對。踰時將去，康曰：『先生竟無言乎？』登乃曰：『子才多識寡，難乎免於今之世。』及遭呂安事，為詩自責曰：『欲寡其過，謗議沸騰。性不傷物，頻致怨憎。昔慚柳下，今愧孫登。內負宿心，外赧良朋。』」又《晉陽秋》云：「康見孫登，登對之長嘯，踰時不言。康辭還曰：『先生竟無言乎？』登曰：『惜哉！』」 嘉錫案：魏、晉兩《春秋》皆孫盛所撰，其敘康之見登，一則曰踰時將去；再則曰踰時不言。然則康、登相見，不過一炊許時耳，而張隲《文士傳》謂康從游三年。久暫不同，顯然乖異。盛與隲雖不知孰先孰後，然裴松之嘗譏隲虛偽妄作，不可勝紀，則其書疑未可信。

3 山公將去選曹，欲舉嵇康；康與書告絕[一]。《康別傳》曰：「山巨源為吏部郎，遷散騎常侍，舉康，康辭之，並與山絕。豈不識山之不以一官遇己情邪？亦欲標不屈之節，以杜舉者之口耳！乃答濤書，自說不堪流俗，而非薄湯武。大將軍聞而惡之。」

【箋疏】

〔一〕程炎震云：「《魏志》二十一《嵇康傳·注》曰：『案《濤行狀》，濤以景元二年除吏部郎。』蓋當年即遷，故康書云：『女年十三，男年八歲。』而景元四年康被誅時，嵇紹十歲也。《晉書·康傳》亦云：『濤去選官，舉康自代。』惟《文選》注引《魏氏春秋》云：『山濤為選曹郎，舉康自代。』而裴松之因之，蓋漏去濤之遷官一節耳。」程炎震云：「康書云『聞足下遷』，是濤已遷官之證。又云：『前年從河東還，顯宗、阿都說足下議以吾自代。』則別是一事，不必定是代為吏部郎。」

11 山公與嵇、阮一面，契若金蘭。山妻韓氏，覺公與二人異於常交，問公，公曰：「我當年可以為友者，唯此二生耳！」妻曰：「負羈之妻亦親觀狐、趙，意欲窺之，可乎？」他日，二人來，妻勸公止之宿，具酒肉。夜穿墉以視之，達旦忘反。公入曰：「二人何如？」妻曰：「君才致殊不如，正當以識度相友耳。」公曰：「伊輩亦常以我度為勝。」[一]《晉陽秋》曰：「濤雅素恢達，度量弘遠，心存事外，而與時俛仰。嘗與阮籍、嵇康諸人箸忘言之契。至於羣子，屯蹇於世，濤獨保浩然之度。」[二]王隱《晉書》曰：「韓氏有才識，濤未仕時，戲之曰：『忍寒，我當作三公，不知卿堪為夫人不耳？』」[三]

【校文】

注「君才致」：景宋本及沈本俱無「才」字。

注「雅素」：景宋本作「雅量」。

【箋疏】

〔一〕程炎震云：「此文全出於《竹林七賢論》，見《全晉文》一百三十七引《御覽》四九，又四百四十四。」

〔二〕嘉錫案：嵇、阮雖以放誕鳴高，然皆狹中不能容物。如康之箕踞不禮鍾會（見《簡傲篇》），與山濤《絕交書》自言「不喜俗人，剛腸疾惡，輕肆直言，遇事輒發」，又《幽憤》詩曰「惟此褊心，顯明臧否」，皆足見其剛直任性，不合時宜。籍雖至慎，口無臧否（見《德行篇》）。然能為青白眼，見凡俗之士，輒以白眼對之（見《簡傲篇·注》）。則亦孤僻，好與俗忤。特因畏禍，能銜默不言耳。康卒掇殺身之禍。籍亦僅為司馬昭之狎客，苟全性命而已。濤一見司馬師，便以呂望比之，尤見賞於昭，委以腹心之任，搖尾於姦雄之前，為之功狗。是固能以柔媚處世者，宜其自以為度量勝嵇、阮，必當作三公也。嗚呼！觀於

竹林諸人之事，則人之生當亂世而欲身名俱泰，豈不難哉！然士苟能不以富貴為心，則固有辟人辟世，處進退存亡而不失其正者。雖不為山濤，豈無自全之道也歟？ 嘉錫又案：《晉書》濤本傳云：「與鍾會、裴秀並申款昵。以二人居勢爭權，濤平心處中，各得其所，而俱無恨焉。鍾會作亂於蜀，文帝將西征，時魏氏諸王公並在鄴。帝謂濤曰：『西偏吾自了之，後事深以委卿。』以本官行軍司馬，給親兵五百人鎮鄴。」夫鍾會之為人，嵇康所不齒，而濤與之款昵，又處會與裴秀交鬨之際，能並得其歡心，豈非以會為司馬氏之子房，而秀亦參謀略，皆昭之寵臣，故曲意交結，相與比周，以希詭遇之獲歟？至為昭居留守之任，以監視魏之王公，儼然以鍾繇、華歆自命。身為人作伍伯，視宗室如囚徒，非權奸之私昵，誰肯任此？與時俯仰是矣。然實身入局中，未嘗心存事外也。《通鑑》八十四：「帝決意伐吳，賈充、荀勗、馮紞固爭之。帝大怒，充免冠謝罪。僕射山濤退而告人曰：『自非聖人，外寧必有內憂。今釋吳為外懼，豈非筭乎？』」胡《注》曰：「山濤身為大臣，不昌言於朝，而退以告人，蓋求合於賈充者也。」胡氏此言，深得濤之用心。蓋濤善揣摩時勢，故司馬氏權重，則攘臂以與其逆謀；賈充寵盛，則緘口以避其朋黨。進不廷爭，以免帝怒；退有後言，以結充歡。首鼠兩端，所如輒合。此真所謂心存事外，與時俯仰也。傳言「濤再居選職，每一官缺，輒擬數人，視帝意所欲為先」。其迎合之術，可謂工矣。操是術以往，其取三公，直如俯拾地芥，豈但以度量勝嵇、阮而已乎？

〔三〕嘉錫案：嵇、阮諸人，雖屯蹇於世，然如濤浩然之度，則固叔夜之所深羞，而嗣宗之所不屑也。

1 荀勖善解音聲，時論謂之「闇解」。遂調律呂，正雅樂。每至正會，殿庭作樂，自調宮商，無不諧韻。阮咸妙賞，時謂「神解」〔一〕。每公會作樂，而心謂之不調。既無一言直勖，意忌之〔二〕，遂出阮為始平太守。後有一田父耕於野，得周時玉尺，便是天下正尺。荀試以校己所治鐘鼓、金石、絲竹，皆覺短一黍，於是伏阮神識〔三〕。《晉後略》曰：「鐘律之器，自周之末廢，而漢成、哀之間，諸儒修而治之。至後漢末，復隳矣〔四〕。魏氏使協律知音者杜夔造之，不能考之典禮，徒依於時絲管之聲、時之尺寸而制之，甚乖失禮度。於是世祖命中書監荀勖依典制，定鐘律。既鑄律管，募求古器，得周時玉律數枚，比之不差。又諸郡舍倉庫，或有漢時故鐘，以律命之，皆不叩而應，聲響韻合，又若俱成。」《晉諸公贊》曰：「律成，散騎侍郎阮咸謂勖所造聲高、高則悲。夫亡國之音哀以思，其民困。今聲不合雅，懼非德政中和之音，必是古今尺有長短所致。然今鐘磬是魏時杜夔所造，不與勖律相應，音聲舒雅，而久不知夔所造〔五〕，時人為之，不足改易。勖性自矜，乃因事左遷咸為始平太守，而病卒。後得地中古銅尺，校度勖今尺，短四分，方明咸果解音，然無能正者。」干寶《晉紀》曰：「荀勖始造《正德》、《大象》之舞，以魏杜夔所制律呂，校大樂本音不和〔六〕。後漢至魏尺，長於古四分有餘，而夔據之，是以失韻。乃依周禮，積粟以起度量，以度古器，符於本銘。遂以為式，用之郊廟。」

【箋疏】
〔一〕《通典》一百四十四曰：「阮咸，亦秦琵琶也，而項長

過於今制，列十有三柱。武太后時，蜀人蒯朗於古墓中得之。晉《竹林七賢圖》阮咸所彈與此類同，因謂之『阮咸』。咸世實以善琵琶知音律稱。」又自注曰：「蒯朗初得銅者，時莫有識之。太常少卿元行沖曰：『此阮咸所造。』乃令匠人改以木為之，聲甚清雅。」

〔二〕李慈銘云：「案直下疑當重一勗字。謂咸無一言直勗，故勗忌之也。又案直同值，遇也。謂咸遭勗意忌也。」

〔三〕程炎震云：「《晉書‧樂志》云『出咸為始平相』，誤。又云：『於此伏咸之妙，復徵咸歸。』」又云：「《晉書‧律曆志》云：『後始平掘地得古銅尺，歲久欲腐，不知何代所出，果長勗尺四分。』又史臣案云：『又漢章帝時，零陵文學史奚景於泠道舜祠下得玉律，度以為尺，相傳謂之漢官尺。以校荀勗尺，勗尺短四分。漢官、始平兩尺度同。』又云：『《文選注》引《晉諸公贊》作「中護軍長史阮咸」。』」

〔四〕李慈銘云：「案墮，有徒規徒可二反。作隳者俗謬。」

〔五〕李慈銘云：「案不知疑當作不如，謂勗所造不如夔也。」又「案此當以舒雅讀句，其聲舒雅，而人不知是夔所造。蓋勗未曾製鐘磬，猶是夔所為也。」

〔六〕李慈銘云：「案本音當作八音。《晉書‧律曆志》、《宋書‧律志》俱作八音。」

1 陳留阮籍，譙國嵇康，河內山濤，三人年皆相比，康年少亞之。預此契者：沛國劉伶，陳留阮咸，河內向秀，琅邪王戎。七人常集於竹林之下〔一〕，肆意酣暢，故世謂「竹林七賢」〔二〕。《晉陽秋》曰：「於時風譽扇於海內，至於今詠之。」

【箋疏】

〔一〕程炎震云：「阮以漢建安十五年庚寅生，山以建安二十年乙未生，少阮五歲。嵇以魏黃初四年癸卯生，少阮十三歲。王戎以魏青龍二年甲寅生，蓋於七人中最後死也。沈約《七賢論》曰：『仲容年齒不懸，風力粗可。』」

〔二〕程炎震云：「《文選》卷二十一《五君詠·注》引《魏氏春秋》曰：『康寓居河內之山陽縣，與河內向秀友善，遊於竹林。』《水經注》卷九《清水篇》曰：『長泉水出白鹿山，東南伏流，逕十三里，重源濬發於鄧城西北，世亦謂之重泉也。又逕七賢祠東，左右筠篁列植，冬夏不變貞蔚，向子期所謂「山陽舊居」也。後人立廟於其處。廟南又有一泉，東南流注於長泉水。郭緣生《述征記》所云「嵇公故居，時有遺竹」也。』《御覽》一百八十引《述征記》曰：『山陽縣城東北二十里，魏中散大夫嵇康園宅，今悉為田墟，而父老猶謂嵇公竹林，時有遺竹也。』」

2 阮籍遭母喪〔一〕，在晉文王坐進酒肉。司隸何曾亦在坐，《晉諸公贊》曰：「何曾字穎考，陳郡陽夏人。父夔，魏太僕。曾以高雅稱，加性仁孝，累遷司隸校尉。用心甚正，朝廷師之。仕晉至太宰。」〔二〕曰：「明公方以孝治天下，而阮籍以重喪，顯於公坐飲酒食肉，宜流之海外，以正風教。」文王曰：「嗣宗毀頓如此，君不能共憂之，

何謂？且有疾而飲酒食肉，固喪禮也！」籍飲噉不輟，神色自若[三]。干寶《晉紀》曰：「何曾嘗謂阮籍曰：『卿恣情任性，敗俗之人也。今忠賢執政，綜核名實，若卿之徒，何可長也！』復言之於太祖，籍飲噉不輟。故魏、晉之間，有被髮夷傲之事，背死忘生之人，反謂行禮者，籍為之也。」《魏氏春秋》曰：「籍性至孝，居喪雖不率常禮，而毀幾滅性。然為文俗之士何曾等深所讎疾。大將軍司馬昭愛其通偉，而不加害也。」

【校文】

注「加性仁孝」：「加」，沈本作「天」。

注「師之」：「師」，景宋本作「憚」。

【箋疏】

〔一〕程炎震云：「《晉書》三十三《曾傳》：『嘉平中為司隸校尉，積年遷尚書。正元中為鎮北將軍。』則嗣宗喪母，亦當在嘉平中，時年四十餘，昭未輔政。《籍傳》敘於文帝讓九錫後，誤。」

〔二〕《晉書·曾傳》言：「曹爽專權，宣帝稱疾，曾亦謝病。爽誅，乃起視事。魏帝之廢也，曾預其謀焉。」是曾乃司馬氏之死黨。

〔三〕《避暑錄話》上云：「阮籍既為司馬昭大將軍從事，聞步兵廚酒美，復求為校尉。史言雖去職，常游府內，朝宴必與。以能遺落世事為美談。以吾觀之，此正其詭譎，佯欲遠昭而陰實附之。故示戀戀之意，以重相諧結。不然，籍與嵇康當時一流人物也，何禮法之士疾籍如仇，昭則每為保護，康乃遂至於殺身？籍何以獨得於昭如是耶？至勸進之文，真情乃見。籍著《大人論》，比禮法士如蝨蝨之處褌中。吾謂籍附昭乃褌中之蝨，但偶不遭火焚耳。使王凌、毋丘儉等一得志，籍尚有噍類哉？」嘉錫案：觀阮籍《詠懷詩》，則籍之附昭，或非其本心。然既已懼死而畏勢，自暱於昭，為昭所親愛。又見高貴鄉公之英明，大臣諸葛

誕等之不服，鑒於何晏等之以附曹爽而被殺，恐一旦司馬氏事敗，以逆黨見誅。故沈湎於酒，陽狂放誕，外示疏遠，以避禍耳。後人謂籍之自放禮法之外，端為免司馬昭之猜忌及鍾會輩之讒毀，非也。使籍果不附昭，以昭之奸雄，豈不能燭其隱而遽為所瞞，從而保護之，且贊其至慎，憂其毀頓也哉？觀其於高貴鄉公時，一醉六十日以拒司馬昭之求婚。逮高貴鄉公已被弒，諸葛誕已死，昭之篡形已成，遂為之草勸進文，籍之情可以見矣。世之論籍者，惟葉氏為得之。然王凌、毋丘儉之死，在懿及師時，非昭所殺。葉說亦有誤。又案：此出王隱《晉書》，見《書鈔》六十一。亦出干寶《晉紀》，見《文選集注》八十八嵇叔夜《與山巨源絕交書·注》。

3 劉伶病酒，渴甚，從婦求酒。婦捐酒毀器，涕泣諫曰：「君飲太過，非攝生之道，必宜斷之！」伶曰：「甚善。我不能自禁，唯當祝鬼神，自誓斷之耳！便可具酒肉。」婦曰：「敬聞命。」供酒肉於神前，請伶祝誓。伶跪而祝曰：「天生劉伶，以酒為名[一]，一飲一斛，五斗解酲。毛公《注》曰：「酒病曰酲。」婦人之言，慎不可聽。」便引酒進肉，隗然已醉矣。見《竹林七賢論》。

【箋疏】

〔一〕黃生《義府》下曰：「《世說》：『天生劉伶，以酒為名。』古名、命二字通用，謂以酒為命也。孟子：『其間必有名世者。』《漢楚元王傳》作『命世』。此二字通用之證。」

5 步兵校尉缺，廚中有貯酒數百斛，阮籍乃求為步

兵校尉。《文士傳》曰：「籍放誕有傲世情，不樂仕宦。晉文帝親愛籍，恆與談戲，任其所欲，不迫以職事。籍常從容曰：『平生曾遊東平，樂其土風，願得為東平太守。』文帝說，從其意。籍便騎驢徑到郡，皆壞府舍諸壁障，使內外相望，然後教令清寧。十餘日，便復騎驢去。後聞步兵廚中有酒三百石，忻然求為校尉。於是入府舍，與劉伶醉飲。」《竹林七賢論》又云：「籍與伶共飲步兵廚中，並醉而死。」此好事者為之言。籍景元中卒，而劉伶太始中猶在〔一〕。

【箋疏】
〔一〕程炎震云：「《晉書·伶傳》云：『泰始初，對策罷，以壽終。』」

6 劉伶恆縱酒放達，或脫衣裸形在屋中，人見譏之。伶曰：「我以天地為棟宇，屋室為褌衣，諸君何為入我褌中？」鄧粲《晉紀》曰：「客有詣伶，值其裸袒，伶笑曰：『吾以天地為宅舍，以屋宇為帳衣，諸君自不當入我褌中，又何惡乎？』其自任若是。」

7 阮籍嫂嘗還家，籍見與別。或譏之，《曲禮》：「嫂叔不通問。」故譏之。籍曰：「禮豈為我輩設也？」

8 阮公鄰家婦有美色，當壚酤酒。阮與王安豐常從婦飲酒，阮醉，便眠其婦側。夫始殊疑之，伺察，終無他意。王隱《晉書》曰：「籍鄰家處子有才色，未嫁而

卒。籍與無親，生不相識，往哭，盡哀而去。其達而無檢，皆此
類也。」

9 阮籍當葬母，蒸一肥豚，飲酒二斗，然後臨訣
〔一〕，直言：「窮矣」！都得一號，因吐血，廢頓良
久〔二〕。

鄧粲《晉紀》曰：「籍母將死，與人圍棋如故，對者求
止，籍不肯，留與決賭。既而飲酒三斗，舉聲一號，嘔血數升，
廢頓久之。」

【箋疏】

〔一〕嘉錫案：居喪而飲酒食肉，起於後漢之戴良。故《抱
朴子》以良與嗣宗並論。良事已見《德行篇》「王
戎、和嶠條」下。

〔二〕李慈銘云：「案父母之喪，苟非禽獸，無不變動失據。
阮籍雖曰放誕，然有至慎之稱。文藻斐然，性當不
遠。且仲容喪服追婢，遂為清議所貶，沈淪不調。阮
簡居喪偶棊覶，亦至廢頓，幾三十年。嗣宗晦迹尚
通，或者居喪不能守禮，何至聞母死而留棋決賭，臨
葬母而飲酒烹豚？天地不容，古所未有。此皆元康之
後，八達之徒，沈溺下流，妄誣先達，造為悖行，崇
飾惡言，以籍風流之宗，遂加荒唐之論。爭為梟獍，
坐致羯胡率獸食人，掃地都盡。鄧粲所紀，《世說》
所販，深為害理，貽誤後人。有志名教者，亟當辭而
闢之也。」嘉錫案：以空言翻案，吾所不取。籍之不
顧名教如此，而不為清議所廢棄者，賴司馬昭保持之
也。觀何曾事自見。

10 阮仲容、咸也。步兵居道南〔一〕，諸阮居道北。北阮皆富，南阮貧。七月七日，北阮盛曬衣〔二〕，皆紗羅錦綺。仲容以竿掛大布犢鼻褌於中庭〔三〕。人或怪之，答曰：「未能免俗，聊復爾耳！」《竹林七賢論》曰：「諸阮前世皆儒學，善居室，唯咸一家尚道棄事，好酒而貧。舊俗：七月七日，法當曬衣，諸阮庭中，爛然錦綺。咸時總角，乃豎長竿，掛犢鼻褌也。」

【箋疏】

〔一〕李慈銘云：「案阮籍為步兵校尉，阮咸未嘗為此官。此條阮仲容下『步兵』二字蓋衍。後人或疑仲容、步兵連文，是並舉咸、籍二人。故《晉書·阮咸傳》遂云：『咸與籍居道南。』蓋即本《世說》之文。然臨川如果並舉咸、籍，則籍當先咸，而云『仲容步兵』，成何文理？且下但言掛褌，何須連及嗣宗？《注》引《七賢論》，亦無籍事。又孝標於下條《注》曰：『籍也』，而於此無注。則原本無此二字可知。唐修《晉書》，多本《世說》，而《咸傳》載此，乃有咸與籍之文。則爾時《世說》已誤也。」

〔二〕《御覽》卷三十一引《韋氏月錄》曰：「七月七日曬曝革裘，無虫。」又引崔寔《四民月令》曰：「七月七日暴經書及衣裳，習俗然也。」《全唐詩》沈佺期《七夕曝衣篇》自《注》引王子陽《園苑疏》云：「太液池邊有武帝閣，帝至七月七日夜，宮女出后衣曝之。」

〔三〕《養新錄》四曰：「《史記·司馬相如傳》：『相如自著犢鼻褌。』韋昭曰：『今三尺布作，形如犢鼻矣。』案《廣雅》：『裋褕，褌也。無襠者謂之襣。襣，度沒反。』說文無襣字，當為突，即犢鼻也。突、犢聲相近，重言為犢鼻，單言為突。後人又加衣旁耳。」

11 阮步兵籍也。喪母，裴令公楷也。往弔之〔一〕。阮方

醉，散髮坐牀，箕踞不哭。裴至，下席於地，哭弔
喭畢，便去〔一〕。或問裴：「凡弔，主人哭，客乃為
禮。阮既不哭，君何為哭？」裴曰：「阮方外之
人，故不崇禮制；我輩俗中人，故以儀軌自居。」
時人歎為兩得其中。《名士傳》曰：「阮籍喪親，不率常禮，
裴楷往弔之，遇籍方醉，散髮箕踞，旁若無人。楷哭泣盡哀而
退，了無異色，其安同異如此。」戴逵論之曰：「若裴公之制弔，
欲冥外以護內，有達意也，有弘防也。」

【校文】
注「制弔」：「制」，景宋本及沈本俱作「致」。
【箋疏】
〔一〕程炎震云：「阮長於裴且三十歲，宜裴以儀軌自居。然
　　　阮喪母在嘉平中，楷時未弱冠，似未必有此事。」又
　　　云：「《御覽》五百六十一引《裴楷別傳》云：『初陳留
　　　阮籍遭母喪，楷弱冠往弔。』」
〔二〕《書鈔》八十五引《裴楷別傳》云：「阮籍遭母喪，楷
　　　往弔。籍乃離喪位，神氣晏然，縱情嘯詠，旁若無
　　　人。楷便率情獨哭，哭畢而退。」

12 諸阮皆能飲酒，仲容至宗人間共集，不復用常
桮斟酌，以大甕盛酒〔一〕，圍坐，相向大酌。時有羣
豬來飲，直接去上〔二〕，便共飲之。

【箋疏】
〔一〕「甕」，《山谷外集・注》七引作「盆」。
〔二〕程炎震云：「《晉書》四十九《阮咸傳》云：『咸直接去
　　　其上。』」

13 阮渾長成，風氣韻度似父，亦欲作達。步兵曰：

「仲容已預之，卿不得復爾。」《竹林七賢論》曰：「籍之抑渾，蓋以渾未識己之所以為達也。後咸兄子簡，亦以曠達自居。父喪，行遇大雪，寒凍，遂詣浚儀令，令為它賓設黍臛，簡食之，以致清議，廢頓幾三十年。是時竹林諸賢之風雖高，而禮教尚峻，迨元康中，遂至放蕩越禮。樂廣譏之曰：『名教中自有樂地，何至於此？』樂令之言有旨哉！謂彼非玄心，徒利其縱恣而已。」

14 裴成公婦，王戎女。王戎晨往裴許，不通徑前。裴從牀南下，女從北下，相對作賓主，了無異色。《裴氏家傳》曰：「頠取戎長女。」

15 阮仲容先幸姑家鮮卑婢。及居母喪，姑當遠移，初云當留婢，既發，定將去。仲容借客驢著重服自追之，累騎而返。曰：「人種不可失！」即遙集之母也。《竹林七賢論》曰：「咸既追婢，於是世議紛然。自魏末沈淪閭巷，逮晉咸寧中，始登王途[一]。《阮孚別傳》曰：「咸與姑書曰：『胡婢遂生胡兒。』姑答書曰：『《魯靈光殿賦》曰：「胡人遙集於上楹」，可字曰遙集也。』故孚字遙集。」

【校文】

注「定將去」：「定」，沈本作「迺」。

【箋疏】

〔一〕程炎震云：「咸云人種，則孚在孕矣。《孚傳》云：『年四十九卒』，以蘇峻作逆推之，知是咸和二年。則生於咸寧五年。泰始五年荀勖正樂時，咸已為中護軍長

史、散騎侍郎，而云『咸寧中始登王途』，非也。」

32 王長史、謝仁祖同為王公掾。《王濛別傳》曰：「丞相
王導辟名士時賢，協贊中興。旌命所加，必延俊乂，辟濛為掾。」
長史云：「謝掾能作異舞。」謝便起舞，神意甚暇。
《晉陽秋》曰：「尚性通任，善音樂。」《語林》曰：「謝鎮西酒後，
於榭案閒，為洛市肆工鴝鵒舞，甚佳。」王公熟視，謂客曰：「使
人思安豐。」戎性通任，尚類之。

簡傲第二十四

1 晉文王功德盛大，坐席嚴敬，擬於王者。《漢晉春秋》曰：「文王進爵為王，司徒何曾與朝臣皆盡禮，唯王祥長揖不拜。」唯阮籍在坐〔一〕，箕踞嘯歌，酣放自若。

【箋疏】

〔一〕程炎震云：「咸熙元年，昭進爵為王，阮已先一年卒矣。」

2 王戎弱冠詣阮籍，時劉公榮在坐。阮謂王曰：「偶有二斗美酒，當與君共飲。彼公榮者，無預焉。」二人交觴酬酢，公榮遂不得一桮。而言語談戲，三人無異。或有問之者，阮答曰：「勝公榮者，不得不與飲酒；不如公榮者，不可不與飲酒；唯公榮，可不與飲酒。」《晉陽秋》曰：「戎年十五，隨父渾在郎舍，阮籍見而說焉。每適渾俄頃，輒在戎室久之。乃謂渾：『濬沖清尚，非卿倫也。』戎嘗詣籍共飲，而劉昶在坐不與焉，昶無恨色。既而戎問籍曰：『彼為誰也？』曰：『劉公榮也。』濬沖曰：『勝公榮，故與酒；不如公榮，不可不與酒；唯公榮者，可不與酒。』」〔一〕《竹林七賢論》曰：「初，籍與戎父渾俱為尚書郎，每造渾，坐未安，輒曰：『與卿語，不如與阿戎語。』就戎，必日夕而返。籍長戎二十歲〔二〕，相得如時輩。劉公榮通士，性尤好酒。籍與戎酬酢終日，而公榮不蒙一桮，三人各自得也。戎為物論所先，皆此類。」

【校文】

注「一桮」：「桮」，景宋本作「柸」。

注「酬酢」：「酬」，景宋本及沈本作「醻」。

【箋疏】

〔一〕《容齋隨筆》卷十二云：「此事見《戎傳》，而《世說》
　　為詳。又一事云：『公榮與人飲酒，雜穢非類，人或譏
　　之，答曰：「勝公榮者，不可不與飲；不如公榮者，亦
　　不可不與飲。」故終日共飲而醉。』（按見《任誕篇》）
　　二者稍不同。公榮待客如此，費酒多矣。顧不蒙一
　　杯於人乎？」嘉錫案：余以為此即一事，而傳聞異辭
　　耳。又《晉陽秋》所載濬沖語，《世說》以為籍語，
　　亦為小異。《晉書》從《世說》。程炎震云：「《晉書》
　　四十三《戎傳》作戎問籍答。」

〔二〕程炎震云：「籍長戎實二十四歲。」

3 鍾士季精有才理，先不識嵇康。鍾要於時賢儁之
士，俱往尋康。康方大樹下鍛[一]，向子期為佐鼓排
[二]。康揚槌不輟，傍若無人，移時不交一言。鍾起
去，康曰：「何所聞而來？何所見而去？」鍾曰：
「聞所聞而來，見所見而去。」[三]《文士傳》曰：「康性
絕巧，能鍛鐵。家有盛柳樹，[四]乃激水以圜之，夏天甚清涼，恆
居其下傲戲，乃身自鍛。家雖貧，有人說鍛者，康不受直。雖親
舊以雞酒往與共飲噉，清言而已。」《魏氏春秋》曰：「鍾會為大
將軍兄弟所暱，聞康名而造焉。會名公子，以才能貴幸，乘肥衣
輕，賓從如雲。康方箕踞而鍛，會至不為之禮，會深銜之。後因
呂安事，而遂譖康焉。」[五]

【校文】

注「有人說鍛者」：「說」，景宋本及沈本作「就」。

【箋疏】

〔一〕李慈銘云：「案《說文》：『鍛，小冶也。』《急就篇》：
　　『鍛鑄鉛錫鐙錠鐎。』顏師古《注》：『凡金鐵之屬，

椎打而成器者，謂之鍛。銷冶而成者，謂之鑄。』王應麟《補注》引《蒼頡篇》曰：『鍛，椎也。』」

〔二〕程炎震云：「《後漢書·杜詩傳》：『遷南陽太守，造作水排，鑄為農器。』賢《注》：『排音蒲拜反，冶鑄者為排以吹炭。排當作橐，古字通用。』《魏書·韓暨傳》：『徙監冶謁者，舊時冶作馬排，每一熟石，用馬百匹。更作人排，又費工力。暨乃因長流為水排。』裴《注》曰：『排，蒲拜反，為排以吹炭。』《晉書·杜須傳》：『又作人排新器。』《音義》曰：『排，蒲界反。』《玉篇》：『韛，皮拜切，韋囊也。可以吹火令熾，亦作橐。』《廣韵》十六怪：『韛，韋囊，吹火。橐，上同，並蒲拜反。』蓋古只作排，後乃造韛字。《文選》二十一《五君詠·注》引《向秀別傳》曰：『秀嘗與嵇康偶鍛於洛邑，故鍾得見之。』又十六《思舊賦·注》引《魏氏春秋》『康寓居河內之山陽，鍾會為大將軍所昵』云云。蓋中有刪節，故併兩處為一。」李詳云：「詳案：玄應《一切經音義》卷一云：『韛囊，《埤蒼》作韛。《東觀漢記》作排。王弼《注》書作橐。同皮拜反，所以冶家用炊火令熾者也。』《後漢書·杜詩傳》：『造作水排，鑄為農器。』章懷《注》：『排，音蒲拜反，冶鑄者為排以吹炭。排當作橐，古字通用也。』案韛以熟牛皮為之，故字從韋。吾鄉冶銅者尚有此製。韛、韛同字。」嘉錫案：審言《箋》引《音義》有刪改，且誤以「作排」以下均為《埤蒼》語。今據原書改正。冶家，《音義》作冶家，審言改作「鍛家」，並非。《慧琳音義》四十二誤亦同。

〔三〕嘉錫案：嵇、鍾問答之語，亦出《魏氏春秋》。見《三國志·王粲傳·注》引。

〔四〕崔豹《古今注》曰：「合歡樹似梧桐，枝葉繁，互相交結。每風來輒自解，了不相牽綴。樹之階庭，使人不忿。嵇康種之舍前。」

〔五〕《魏志·王粲傳·注》、《文選·思舊賦·注》並引《魏氏春秋》曰「康寓居河內之山陽，鍾會聞康名而造

之。康方箕踞而鍛」云云。嘉錫案：晉之河內郡山陽縣，在今河南修武縣西北。嘗疑會以貴公子居京師，賓從如雲，未必走數百里，遠至山陽訪康。考《御覽》四百九引《向秀別傳》曰：「秀字子期，少為同郡山濤所知。又與譙國嵇康，東平呂安友善。其趍舍進止，無不必同。造事營生，業亦不異。常與康偶鍛於洛邑，與呂安灌園於山陽。收其餘利，以供酒食之費。或率爾相攜，觀原野，極游浪之勢，亦不計遠近。或經日乃歸，復常業。」據此，是嵇、向偶鍛之地在洛邑，不在山陽。故會得與一時賢儁俱往尋康。《魏氏春秋》所謂康居山陽，特記其竹林之游，而於此事，則未及分析言之耳。　　　　　　■

這本書的譜系：魏晉南北朝文學發展
Related Reading

建安時期

建安（196～220）是東漢最後一位皇帝漢獻帝的年號，「建安文學」則還包括三國初期的一段時間。此時詩歌是中國文學上文人詩的創作高峰，為後代的詩歌奠定基礎。劉勰《文心雕龍》稱建安文學「至深而筆長」、「梗慨而多氣」，建安詩歌一方面反映當時社會的離亂和人民的苦痛，一方面表達士人建功立業、安定天下的遠大抱負，呈現意境宏闊、慷慨悲涼、剛健有力的風格，形成了「建安風骨」的情志飛揚而辭義遒勁的典型。這時期的文學代表：

曹操

與曹丕、曹植、曹叡合稱「三祖陳王」，其詩風格古直悲涼、氣韻沉雄，以四言詩為主。他的樂府詩反映了東漢末年寫實的社會面貌，代表作為《短歌行》、《龜雖壽》、《蒿里行》、《步出夏門行》。

曹丕

其詩風格細膩婉轉，平易清淺，長於借景抒情，代表作《燕歌行》被譽為「七言之祖」，以描繪愛情為主題；《典論・論文》則為史上第一篇文學批評的專論，有意識地提升了文學創作的地位。

曹植

有「才高八斗」之評價，被譽為「建安之傑」，其詩風格辭采華茂、感情坦率真摯，內容與辭藻並重。代表作為《白馬篇》、《送應氏》、《贈白馬王彪》、《感鄄賦（洛神賦）》、《野田黃雀行》、《七哀詩》。

王粲

被譽為「七子之冠冕」，為建安七子中文學成就最高者，其詩多感傷時事、自悲不遇，代表作為《登樓賦》、《七哀詩》。

劉楨

以五言詩見長，有「妙絕時人」之評價，他倔強的個性反映在其詩的風格——語言簡練、文氣高潔，代表作為《贈從弟》。

蔡琰

蔡邕之女，中國著名之女詩人，代表作為《悲憤詩》，藉描寫個人不幸遭遇以抒發悲憤，敘事、抒情與心理描寫皆有可觀之處。

正始時期

正始是魏廢帝曹芳的年號（240～249），「正始文學」包括正始以後至西晉立國（265年）這段時期。正始時期由於劇烈的政治鬥爭，使得士人紛紛遠身避禍，崇尚老、莊，呈現一種消極避世之風。當時的文人對司馬氏利用「名教」進行殘暴統治感到不滿，遂以老莊的「自然」對抗「名教」，諷刺當時「禮教」的虛偽不實。因此，正始文學在內容上呈現了高蹈遺世、謗言時政的面貌，風格則具有曲折幽深、清峻超拔的特色；在深刻的反思及放達的行徑中凸顯了人生的悲哀。這時期的文學代表：

阮籍

其作品以抒發憂生懼患之情為主，但內容卻相當隱晦，風格隱微曲折，故有「阮旨遙深」之稱，代表作為《詠懷詩》八十二首。

嵇康

以四言詩見長，其風格詰直露才，被劉勰評為「清峻」，鍾嶸則稱「峻切」，故有「嵇志清峻」之評價。代表作為《幽憤詩》、《贈秀才入軍》、《與山巨源絕交書》。

太康時期

太康（280～289）是西晉晉武帝司馬炎的第三個年號，為西晉文學中最為興盛的時期。鍾嶸《詩品》言：「太康中，三張、二陸、兩潘、一左，勃爾復興，踵武前王，風流未沬，亦文章之中興也。」由於社會相對安定，文人有較多心力投注於創作，並深入探討文學理論，因此文學繁榮，但因過於強調追求形式華美，使得內容則相對較為貧乏。但正由於這時期的作品較講究形式與創作技巧，使得文人進一步思考文學的本質、特色與意義，因此出現了許多古典文學理論。這時期的文學代表：

張華

為太康文壇盟主，以寫情作品聞名，其詩風格好用典對偶、堆砌辭藻，文勝於質，代表作品為《輕薄篇》、《雜詩》。

陸機

以擬樂府著稱，其詩對偶工整，文字華美，但過於雕琢刻畫為其缺點，代表作為《擬十九首》、《赴洛道中作》、《從軍行》。《文賦》則是文學批評史上重要的專作，有系統的建立起文學批評理論，並影響後代如《文心雕龍》、《詩品》等專著。

潘岳

以抒情見長，表達對亡妻的深情，言淺情深，富有感染力，直抒胸臆，代表作為《悼亡詩》、《內顧詩》、《哀永逝文》、《西征賦》。

張協

長於刻畫景物，有「巧構形似」之譽，感情真切，語言清新，代表作為《雜詩》、《秋夜涼風起》。

左思

有「左思風力」之美稱，繼承建安風骨精神，多引史實，藉古諷今，語言簡勁，筆力雄邁，無雕琢之氣，為太康文學中最具慷慨之氣者，代表作《詠史》八首、《三都賦》。

延伸的書、音樂、影像
Books, Audios & Videos

《世說新語箋疏》

作者：余嘉錫 箋疏　出版社：中華書局，2007年

本書為作者搜集、參閱大量的文獻資料，對於《世說新語》和劉孝標注，做出了詳實的考證。於原書中記載不足的，略作增補；對原著中所記軼事有誤者，便引證確切史料，指正錯誤。

《晉書》（全十冊）

作者：房玄齡　出版社：中華書局

《晉書》為中國二十四史之一，作者包括房玄齡等二十一人合著，內容記載從三國時代至東晉恭帝元熙二年。現今留存一百三十卷，共分為帝紀十卷，志二十卷，列傳七十卷，載記三十卷。其中「載記」為記述中國古代少數民族建立的十六國政權，此為《晉書》首創的體例。

《郭象與魏晉玄學》

作者：湯一介　出版社：北京大學，2000年

本書重點論述了魏晉時代玄學的產生、發展、特徵以及在哲學思想史上的地位，並且討論當時著名哲學家郭象的生平史實、哲學方法、哲學體系等。對於郭象與向秀、裴頠、王弼、張湛等同期的玄學家，做了思想上的比較研究。

《竹林七賢》（全三冊）

作者：王順鎮　出版社：實學社，1998年

本書以魏晉時代為背景，也正是清談社會形成、政局激盪的時代。作者透過小說方式鋪陳，對於政治鬥爭、社會動盪、人性黑暗等等，描寫得非常深刻。

《明語林》

作者：吳肅公；陸林 校點　出版社：黃山書社，1999年

全書十四卷，大體上為仿《世說》之作，增加了「言志」、「博識」兩門，收錄許多名臣文士的言行舉止，像是于謙、況鍾、楊廷和……等。書中涉及人物多達六百人以上，內容廣泛、寓意深遠，甚至有借鑑的作用。

《世說新語・菜根譚：六朝的清談與人生的滋味》

作者：蔡志忠　出版社：時報文化，2006年

《世說》中大量記載魏晉時代名士的言行、舉止，反映出當時文人階級的思想言行及上層社會的面貌。作者蔡志忠以漫畫人物形態，生動地呈現這些魏晉名士的言談舉止。

《探索・發現：竹林七賢》

類型：紀錄片　發行：中國國際電視總公司

本紀錄片共分為「聚會」、「入仕」、「才情」、「絕響」、「餘韻」五個單元，講述魏晉時期的「竹林七賢」，依據史料上的記載、生活時代的背景，來解析他們性格形成的原因、命運，以及後人的評價。

《廣陵散・古琴獨奏：管平湖》

藝術家：管平湖　發行：星文音樂

由著名古琴演奏家管平湖根據《神奇秘譜》所記載的樂譜，進行整理及打譜，重現這首中國古樂，曲子的內容是描寫戰國時期「聶政刺韓王」為父報仇的故事。專輯曲目分為「碣石調幽蘭」、「廣陵散」、「流水」、「胡笳十八拍」四首。

七賢風度 世說新語

原著：劉義慶
導讀：湯一介
2.0繪圖：豬樂桃

策畫：郝明義
主編：冼懿穎
美術設計：張士勇
編輯：張瑜珊
圖片編輯：陳怡慈
美術：倪孟慧 戴妙容
邊欄短文寫作：詹筌亦
校對：呂佳真

感謝北京故宮博物院對本書之圖片內容提供特別支持與協助

企畫：網路與書股份有限公司
出版者：大塊文化出版股份有限公司
台北市10550南京東路四段25號11樓
www.locuspublishing.com
讀者服務專線：0800-006689
TEL：886-2-87123898　　FAX：886-2-87123897
郵撥帳號：18955675
戶名：大塊文化出版股份有限公司
法律顧問：全理法律事務所董安丹律師

總經銷：大和書報圖書股份有限公司
地址：台北縣新莊市五工五路2號
TEL：886-2-8990-2588
FAX：886-2-2290-1658
製版：瑞豐實業股份有限公司
初版一刷：2011年1月
定價：新台幣220元
Printed in Taiwan

七賢風度：世說新語 = New account of world
tales ／劉義慶原著；湯一介導讀；豬樂桃繪
圖. -- 初版. -- 臺北市：大塊文化, 2011.01
　面；　公分. --（經典 3.0）

　　ISBN 978-957-0316-45-2（平裝）

857.1351　　　　　　　　　　　99012710